Margaret Epp

Sarah, das Mädchen
von der Farm

Impressum Korrekturen

Epp, Margaret: Sarah, das Mädchen von der Farm – Steinhagen: Samenkorn 2010.

Englische Ausgaben:

Epp, Margaret: The Prairie-Princess. – Chicago: Moody Press 1967.

Epp, Margaret: Sarah and the Magic Twenty-Fifth. – Wheaton: Victor Books 1977.

Die Rechte auf das Original liegen inzwischen bei Margaret Epps Erben.

Die deutsche korrigierte und bearbeitete Neuausgabe im Verlag Samenkorn erfolgte auf freundliche Genehmigung von Gerald und Ruth Epp, Waldheim, Saskatchewan, Kanada.

Frühere deutsche Ausgaben:

Epp, Margaret: Die Prärie-Prinzessin. Übersetzt von Mien Snitselaar. – Wuppertal: Brockhaus 1968.

Epp, Margaret: Sarah sucht eine Freundin. Übersetzt von Karin Jagemann. – Neuhausen-Stuttgart: Hänssler 1980.

Epp, Margaret: Sarah, das Mädchen von der Farm. Übersetzt von Karin Jagemann. – Neuhausen-Stuttgart: Hänssler 1994.

© der deutschen Ausgabe 1994: SCM Hänssler, D-71088 Holzgerlingen, www.scm-haenssler.de

© der überarbeiteten deutschen Übersetzung 2010: Samenkorn e. V., Liebigstr. 8, 33803 Steinhagen

Übersetzung: Karin Jagemann, stark bearbeitet von Johanna Wiebe und Naemi Fast

Illustrationen: Irina Schulz, teilweise nach Vorlagen von Robert G. Doares

Satz: Jakob Penner

Titelbild: Irina Schulz

Umschlaggestaltung: Jakob Penner, Nelly Hildebrant

Druck und Bindung: CPI - Ebner & Spiegel, Ulm, Germany

ISBN: 978-3-86203-017-0

Inhalt

1. Ein Samstagausflug nach Blakely 5
2. Ein Geheimnis und ein Rätsel 14
3. Bewahrt durch eine neue Woche 24
4. Sonntagsgäste 33
5. Linda 43
6. Der 25. Mai 53
7. Das Picknick im Juni 63
8. Der 1. Juli 73
9. Sommerzeit 81
10. Sarahs Auflehnung 91
11. Tante Jane 103
12. Ein Traum wird wahr 114

1. Ein Samstagausflug nach Blakely

Sarah Naomi Scott war zehn Jahre alt. Sie hatte genau elf Sommersprossen auf ihrer Nase. Und sie konnte mindestens zwölf Gründe aufzählen, warum sie gerade jetzt draußen im Freien sein wollte. Stattdessen lehnte sie sich voll Sehnsucht über das Fensterbrett im ersten Stock. Eigentlich sollte sie die Lampen aus allen Räumen des Hauses zusammentragen, und das waren immerhin acht Stück. Es war ihre Aufgabe für jeden Samstagvormittag, die Lampendochte auszurichten, sie mit Petroleum zu füllen und die Glaszylinder zu waschen und zu putzen. An den meisten Samstagen war das ja auch in Ordnung – aber nicht ausgerechnet heute an einem so schönen Frühlingstag! Eine herrliche, glückliche Morgenstimmung lag in der Luft. Der warme Wind streichelte Sarahs Gesicht. In den Pfützen im Hof funkelten Dutzende Sonnenstrahlen. Sarah konnte das Geräusch der Schere hören, mit der Vater unten im Hof arbeitete. Er schnitt Daisy und Beauty, den beiden gedrungenen Percheron-Stuten, das zottige Winterfell. Die Hennen lockten ihre flaumigen Küken zu einem Spaziergang. Eine Feldlerche sang: „Ich – war – hier – vor – einem Jahr!"

„Ja, das stimmt! Natürlich warst du da!", jauchzte Sarah laut. „Ich hab sogar dein Nest mit den kleinen Eiern drin gesehen!"

Vater sah lächelnd von seiner Arbeit auf.

„Komm zu mir auf den Hof, kleine Prinzessin!", rief er.

„Ich kann nicht, ich muss die Lampen putzen", jammerte Sarah.

Ihr älterer Bruder Stuart hielt die Pferde für Vater fest.

„Beeile dich mit deiner Arbeit, dann hast du freie Zeit", rief er Sarah zu.

Stuart wusste eine Menge. Er fuhr mit dem Einspänner fünfmal in der Woche zur High School in die Stadt. Nur wenige Bauernjungen gingen auf die High School. Aber anscheinend wusste er immer noch nicht, wie es war, wenn man die Lampen putzen musste, während es doch im Hof so viel zu sehen gab. Robbie hatte jetzt die Kälber aus dem Stall gelassen. Sie hüpften wie verrückt im Hof herum, bäumten sich auf und benahmen sich ganz ausgelassen. Sie rasten im Kreis und in Achterfiguren herum. Ihre komischen kleinen Schwänze streckten sie lustig in die Höhe. Die Kälber brüllten, und der kräftige Collie Spencer rannte freudig bellend mit heraushängender Zunge zwischen ihnen herum. Spencer war ein besonders schöner Hund, und deshalb hatte er auch einen ganz besonderen Namen.

„Sarah Naomi Scott! Was ist los mit dir?"

Sarah seufzte. Das war Kathleen, ihre große Schwester. Sie war fürchterlich alt! Schon fast 20 Jahre! Und manchmal war sie ziemlich herrisch, wie eben jetzt.

„Ich brauche den Küchentisch", rief sie. „Vielleicht bist du so freundlich und beeilst dich etwas!"

„Ich komme schon", sagte Sarah. Widerwillig zog sie ihren Kopf vom Fenster zurück. Sie holte Kathleens Lampe. Die Lampe hatte eine geblümte Schale und einen dazu passenden Schirm und stand auf dem Tisch neben Kathleens Bett. Vorsichtig trug Sarah das gute Stück die Treppe hinunter. In der Küche knetete Mutter gerade den Brotteig. Kathleen wusch die Schränke aus, und Berge von Schüsseln, Töpfen und Pfannen warteten ebenfalls darauf, abgewaschen zu werden. Aber das war Kathleens

Aufgabe. Schließlich war auch das Lampenputzen eine wichtige Hausarbeit.

Wenn es Mutter danach zumute war, erzählte sie Geschichten aus der Zeit, als sie selber zehn gewesen war. Das war vor langer Zeit – fast dreißig Jahre her. Damals war sie vom Osten mit ihren Eltern nach Saskatchewan gekommen. Sie waren in einem Zug mit vielen anderen Siedlern gefahren. Mutter wiegte sich vor und zurück, wenn sie den Teig kräftig schlug und erinnerte sich, wie es damals gewesen war. Heute jedoch erzählte sie nicht, denn sie war sehr in Eile.

„Wann fährst du in die Stadt, Mama?", fragte Kathleen.

„Gleich nach dem Mittagessen", gab Mutter zur Antwort.

„Ooooh! Darf ich mitfahren? Bitte, Mama, darf ich?", bettelte Sarah. In ihrem Eifer ließ sie beinahe den Lampenschirm zu Boden fallen.

„Vorsicht!", ermahnte Mutter.

„Bitte, darf ich mitkommen?"

„Ich weiß nicht. Denk daran, dass du noch alle Stiefel putzen musst!"

„Das mache ich, wenn wir zurück sind!"

„Ich kann dir nicht versprechen, dass wir zeitig genug wieder zu Hause sind, Sarah."

„Dann putze ich die Schuhe noch heute vormittags, gleich nach den Lampen!"

Mutter warf einen flüchtigen Blick auf die Uhr. „Wenn du fertig wirst, ohne etwas zu zerbrechen – dann wollen wir sehen."

„Wir werden sehen" – was war das für eine lästige Antwort! Manchmal bedeutete es „ja", manchmal „nein". Und ärgerlich war es, dass man bis zur allerletzten Minute nichts Genaues wusste.

Sarah beeilte sich. Mit fliegenden Händen putzte sie die Lampen. Eine glitt in der Eile fast zu Boden. Die Dochte auszurichten war gar nicht so leicht, denn die Ecken mussten so geformt werden, dass die Flamme das Glas nicht schwärzen konnte. Als die letzte Lampe sicher an ihren Platz zurückgestellt war, fegte Sarah wie ein kleiner Wirbelwind von Zimmer zu Zimmer und häufte Stiefel und Schuhe in ihre Schürze, bis sie ein gehöriges Bündel zusammen hatte. Die Schuhe konnte sie draußen auf der sonnigen Veranda putzen. Die gelben Gänseküken in ihrem Verschlag sahen ihr zu und riefen mit weichem Stimmchen ihr „tschiep-tschiep-tschiep".

Spencer kam zu ihr und leckte ihre nackten Beine. Dann setzte er sich und wedelte mit dem weißen Schwanz. Man merkte, dass er sich wohlfühlte. Ginger, die große Katze, war Spencers besonderer Kamerad. Sie rieb schnurrend ihr weiches Fell an Sarahs Knöcheln. Es schien, als würden alle rufen: „Komm und spiel mit uns!" Aber an diesem Vormittag ging das nun wirklich nicht.

„Seht", erklärte Sarah, „ich fahre in die Stadt. Wenigstens glaube ich es, weil Mama gesagt hat ‚wir werden sehen'. Und ich glaube, das heißt heute ‚ja'. Aber nur, wenn ich die Schuhe geputzt und poliert habe."

1. Ein Samstagausflug nach Blakely

Manche Schuhe waren voll Morast und mussten erst mühevoll abgekratzt und gebürstet werden. Einige waren schwarz, andere braun. Deshalb musste sie zwei Schuhcremedosen öffnen und die gingen besonders schwer auf, wenn man in Eile war! Die Sonntagsschuhe mussten noch sorgfältiger geputzt und poliert werden, bis sie nur so glänzten. Obwohl Sarah arbeitete, so schnell sie konnte, hatte sie immer noch ein Paar ungeputzte Schuhe dastehen, als Kathleen zum Mittagessen rief. Aber die Arbeit war beim besten Willen nicht schneller zu erledigen. Vater, Stuart und Robbie kamen den Weg herauf.

„Da, seht unsere fleißige Stiefelputzerin!", rief Stuart und zog sie im Vorbeigehen ein bisschen an den Haaren. Sarah sah nicht auf. Ihre braun und schwarz beschmierten Hände rieben blitzschnell vor und zurück an den Schuhen.

„Juhu! Ich hab's geschafft!", schallte es endlich triumphierend durch die Tür.

„Fast rechtzeitig", sagte Kathleen.

„Du musst deine Hände nach dem Gebet gründlich schrubben", meinte Mutter. „Du kannst Vater und die Jungen nicht warten lassen. Sie haben heute viel zu tun!"

Es gab ein typisches Samstagsessen: Suppe und überbackene Reste von den letzten Tagen. Sarah dachte heimlich: „Vater wartet bestimmt nicht sehr ungeduldig auf *dieses* Essen." Aber dann gab es noch Apfelauflauf mit Karamelsauce! Das Problem war nur, dass man bei den Scotts erst einen Teller Suppe und eine gute Portion überbackene Bohnen, Schinken, Kartoffeln und Hühnchen in Sahnesoße mit Zwiebeln essen musste, bevor man den Nachtisch bekam. Außerdem war Sarah heute spät dran. (Wenigstens waren ihre Hände *beinahe* sauber.) Aber noch immer wusste sie nicht, ob „wir werden sehen" nun „ja" oder „nein" bedeutete.

„Robbie könnte mit dir gehen, Mutter", schlug Vater vor.

Sarah schielte unter ihren dichten dunklen Wimpern neugierig auf ihren zwölfjährigen Bruder. Er wirkte nicht gerade begeistert von diesem Vorschlag. Gewöhnlich fuhr er gerne mit in die Stadt. Aber jetzt war es Frühling! Robbie hatte eigentlich vorgehabt, an diesem Nachmittag mit Spencer Erdhörnchen zu jagen. Sarah brauchte ihn nicht zu fragen. Sie war sich ihrer Sache ganz sicher. Immerhin bekam man ganze fünf Cent für einen Erdhörnchenschwanz! Je länger und trauriger Robbies Gesicht wurde, umso glücklicher wurde Sarah.

„Das einzige verfügbare Pferd für den kleinen Einspänner ist heute Hyazinthe", fuhr Vater fort, „sie ist zu dieser Jahreszeit zwar ziemlich munter, aber nicht zu wild für das Einzelgeschirr."

„Ich denke, ich werde mit ihr fertig", sagte Mutter. „Und ich brauche Robbies Begleitung nicht. Sarah würde gern mit mir in die Stadt fahren."

„So? Würde sie?" Vater zog neckend Sarahs Zopf. Ihre Haare waren genauso komisch wie Vaters. Manchmal sahen sie ganz dunkelbraun aus, fast schwarz. Und manchmal sahen sie aus, als ob da rote Flammen lodern würden.

Nach dem Essen zog Sarah ihr Schulkleid und ihre zweitbesten Sandalen an. Sie hielt es für überflüssig, noch ihre Jacke anzuziehen, aber Mutter bestand darauf. Also zog sie sie an.

Hinter Hyazinthe zu sitzen war heute etwas beängstigend. Sie trabte so hüpfend voran, zuckte dauernd mit den Ohren und rollte mit den Augen. Sarah musste an die tiefe Bergschlucht denken, die ungefähr auf dem halben Weg zu der kleinen Stadt Blakely lag. Die Straße ging quer darüber, und es gab dort eine tückische Böschung.

Zunächst trabten sie an dem Hof der Slocums und dann an der Farm der Darnleys vorbei. Mutter hatte recht, die Luft heute war zwar mild, aber während der Fahrt hoch oben auf dem kleinen Wagen war es nicht sehr warm. Doch Sarah wollte das nicht zugeben und knöpfte ihre Jacke nicht zu, um zu zeigen, dass ihr überhaupt nicht kalt war.

„Da hängt ja eine Menge Bettzeug auf der Leine", bemerkte Mutter, als sie bei Tante Jane Boltons Farm vorbeikamen.

1. Ein Samstagausflug nach Blakely

„Vielleicht stellt Tante Jane dieses Frühjahr wieder einen verheirateten Knecht an", meinte Sarah. „Und vielleicht ist dieses Mal ein Mädchen dabei, mit dem ich spielen kann."

Die Darnleys hatten nur Jungen, und ebenso war es auch bei den Slocums. Nach Tante Janes Hof kam der Hof der Heathes. Dort gab es Mädchen, aber die waren alle schon etwa so alt wie Kathleen. Näher als Susan Gerrick wohnte keine von Sarahs Freundinnen und die wohnte viereinhalb Meilen westlich von den Scotts.

Blakely lag südöstlich von der Farm der Scotts.

Inzwischen näherten sie sich der Bergschlucht. Ein eigenartiges Gefühl beschlich Sarah – wie ein Strick, der immer fester und fester angezogen wurde. Hyazinthe lief wieder hüpfend, schnaubte fürchterlich und trabte mit hoch erhobenem Kopf geradewegs die steile Böschung hinunter. Schneller und schneller wurde der Wagen und er schwankte bedenklich. Mutters Hand, mit der sie die Zügel hielt, wurde weiß.

„Benimm dich, Hyazinthe!", rief sie mit fester Stimme. „Sei jetzt ein gutes Mädchen! Hü, hü, dort!"

Endlich waren sie wohlbehalten am Fuße der Böschung angekommen. Sarah wagte wieder zu atmen. Sie waren in Sicherheit. Hyazinthe wurde etwas langsamer, als sie über die hölzerne Brücke rumpelten. Dann warf sie sich kraftvoll vorwärts, um den gegenüberliegenden Hügel zu erklimmen. Bald waren sie oben und im Nu darüber hinweg. Die Getreidespeicher von Blakely standen vor ihnen, wie fünf schlanke stolze Riesen, die die Stadt bewachten.

Hyazinthe trabte über die Gleise, als sie die Zugglocke hörten. Sie waren noch eine halbe Meile von der Kreuzung entfernt, aber Hyazinthe war tüchtig erschrocken und galoppierte ruckartig vorwärts. Sarah hielt sich an der Stange neben ihr fest, um nicht hoch- und herausgeschleudert zu werden. Mutters Knöchel waren wieder weiß, und sie redete energisch auf die Stute ein. Sie bogen in die Hauptstraße ein und nun war der flotte Gang des Pferdes wieder ein Vergnügen. Sechs Autos standen in einer Schlange vor den Läden. *Die können bestimmt nicht schneller sein als Hyazinthe*, dachte Sarah voller Stolz. Sie brachten Hyazinthe vor der Bahnstation zum Stehen. Ein Mann hob die Fünf-Gallonen-Kanne mit Sahne und die zwei Lattenkisten mit Eiern vom Rückteil ihres kleinen Wagens. „Ihr kommt gerade pünktlich für den Zwei-Uhr-Zug", sagte der Mann.

Mutter lenkte Hyazinthe auf die andere Straßenseite zu den Pflöcken. Sie musste sich mit dem Anbinden beeilen, denn der Zug war schon ganz nahe, und Hyazinthe rollte bereits bedrohlich die Augen. Die junge Stute konnte die lärmenden Lokomotiven bei weitem nicht so gut leiden wie Sarah!

Der Anblick der Maschine war imponierend. Der durchdringende Ton der Glocke, die zischenden Wolken von Dampf und Rauch und das schrille Pfeifkonzert machten großen Eindruck auf Sarah. Schauer liefen ihr über den Rücken, als das glänzende schwarze Monstrum vorüber brauste. Wagen auf Wagen rollte vom Bahnhof der Lokomotive nach.

„Nun, Kind?", rief Mutter lachend. Sie hatte die breite Straße schon fast überquert, während Sarah immer noch dem Zug hinterher starrte. „Kommst du nun endlich?"

„Ich komme!" Sarah beeilte sich, die Mutter einzuholen. Es war einfach zu interessant, den Zug in Blakely zu beobachten. Und genauso schön war der Besuch in Jensens Laden. Wenn man hinter der Tür stand und die Augen geschlossen hielt, roch man eine Menge wunderbarer Düfte. Mottenkugeln – Käse – Zwiebeln – Äpfel – Seife – Leder – Bonbons –

Das erinnerte Sarah an ihren heutigen Reichtum. Stuart hatte ihr fünf Cent geschenkt. Sie durfte fünf ganze Cent ausgeben!

Für fünf Cent konnte man fünfzehn tolle Lakritzen kaufen – oder zwei Riegel Nussschokolade – oder eine Tüte gemischte Lutschbonbons. Nach langem, ernsthaftem Nachdenken wählte Sarah die Tüte mit den Bonbons. Man konnte anderen welche davon abgeben und hatte dann immer noch eine Menge für sich selbst.

An den Bonbons selbst konnte man lange lutschen. Und das Beste daran war: Auf jedem Bonbon war der Name des Ladeninhabers „J. J. Jensen" eingeprägt. Sarah fand das wunderbar.

Ihre Rocktasche wies eine beachtliche Beule auf, als sie und Mutter in das Postamt gingen. Miss Hetty Burdock, die Postaufseherin, neckte sie deshalb, hielt sich aber nicht lange damit auf. Miss Hetty wusste immer alle Neuigkeiten und war begierig, sie loszuwerden. Sie lehnte sich über den Schalter und flüsterte mit wichtiger Miene Mutter etwas zu.

„Wie haben Sie das erfahren, Miss Hetty?", fragte Mutter ein bisschen schroff.

„Auf einer Postkarte stand es, und die kann ja jeder lesen!" Miss Hetty schämte sich nicht im geringsten. „Miss Boltons Nichte zieht zu ihr, und ich vermute, sie ist in Sarahs Alter."

Zum zweiten Mal an diesem Tag durchfuhr Sarah ein freudiger Schauer. Endlich würde sie eine Freundin zum Spielen haben!

2. Ein Geheimnis und ein Rätsel

Hatte Miss Hetty das freudige Aufleuchten in Sarahs Augen gesehen?

„Es wird *dir* wahrscheinlich nicht viel bringen, wenn bei Miss Jane Bolton ein Mädchen wohnen wird. Das arme Ding kann einem leid tun, das sagen alle", sagte sie.

Mutter hatte Briefmarken gekauft und steckte sie in ihre Tasche.

„Jane Bolton ist meine Freundin, Hetty!", sagte sie mit sanfter Stimme.

Sarah fiel die Kinnlade herunter. Sie warf einen flüchtigen Blick auf Mutter und schloss den Mund langsam wieder.

„Du wolltest etwas sagen, Liebling?" Miss Hettys kleine Kugelaugen sahen begierig auf Sarah.

„Ich – Tante Jane ist schrecklich gut zu mir", stotterte Sarah.

„*Tante* Jane? Aha. Dann besuchen du und deine Mutter sie sicher oft, was?"

„Wir – ich –"

„Ich fürchte, wir haben heute noch allerhand zu erledigen, Miss Hetty – und hier kommen gerade einige Kunden für Sie. Wir

2. Ein Geheimnis und ein Rätsel

sollten Sie nicht länger aufhalten. Einen schönen Tag noch!", sagte Mutter freundlich, aber bestimmt.

Die Postmeisterin kicherte.

„Manche Familiengeheimnisse sind nicht absolut geheim, Sheila Scott!", rief sie lachend. „Denk das bloß nicht!"

Was meinte Miss Hetty? Sarah hätte sie brennend gern gefragt. Aber Mutter schien die Postmeisterin bereits vergessen zu haben.

Sie sagte etwas von Besorgungen beim Hufschmied, beim Getreidehändler und für Vater an der Bauholzwerkstätte. Sarah könne in der nächsten Stunde tun, was sie wollte, wenn sie nur Hyazinthe im Auge behielte.

Sarah steckte einen von Jensens Lutschbonbons in den Mund und schlenderte mit ernsten Gedanken erfüllt in Richtung der Eisenbahngleise. Tante Jane bekommt Besuch von einem Mädchen! Wie aufregend! Aber warum besuchte Mutter niemals Tante Jane Bolton? „Sie ist meine Freundin", hatte Mutter doch zu Miss Hetty gesagt, und Mutter sagte immer die Wahrheit. Aber dieses Mal hatte es ein bisschen wie eine Lüge geklungen. Mutter ging *niemals* zu Tante Jane, und Tante Jane kam nicht zu den Scotts. Zu Sarah und Robbie war sie immer nett. Sie hielt sie manchmal auf dem Schulweg an, um sich ein bisschen zu unterhalten und sie auf ein paar Plätzchen und Milch ins Haus zu bitten.

Bei den Schienen angekommen schaute Sarah nach rechts und links und überquerte sie dann langsam und nachdenklich.

Ein Familiengeheimnis. War das immer etwas Trauriges? Wenn ja, dann hatten die Scotts so eines. Vor sechs Jahren, als Sarah erst vier gewesen war, hatte ihr großer Bruder Keith einmal einen schlimmen Streit mit Vater gehabt. Er war fürchterlich zornig geworden. Dann war er aus dem Haus und den ganzen langen Weg nach Blakely gegangen. Dort war er in einen Zug gestiegen und nie wieder zurückgekommen.

Sarah war sich nicht sicher, ob sie sich wirklich an ihren davongelaufenen Bruder erinnerte. Robbie erzählte manchmal von ihm, wenn sie allein waren. Aber das geschah nicht oft, denn es machte Sarah einfach zu traurig.

Mutter bewahrte ein Bild von Keith in ihrer Frisierkommode auf. Manchmal hatte Sarah das Bild schon herausgenommen, sich neben die Kommode gesetzt, das Bild still betrachtet und war ihren Gedanken nachgegangen. Keith war stark und groß und hatte ein nettes Lächeln mit blendend weißen Zähnen. Manchmal dachte Sarah, dass sie sich an ihn erinnern konnte.

Nie war ein Brief von Keith gekommen. Aber Vater sagte Abend für Abend in seinem Gebet: „Segne unsern lieben Abwesenden! Bewahre ihn und ziehe ihn zu Dir!" Das waren so ziemlich die einzigen Male, wo Keith im Hause der Scotts laut erwähnt wurde.

Also war Keith vielleicht ein Familiengeheimnis. Hatte Miss Hetty das gemeint? Aber sie hatte doch etwas über Tante Jane Bolton gesagt!

Tante Jane wohnte eine Meile von Scotts entfernt. Wenn man den Weg quer über das Feld nahm, war es sogar noch weniger. Sie teilten sich einen Gemeinschafts-Telefonanschluss, aber Mutter und sie telefonierten nie miteinander, um Kuchenrezepte auszutauschen. Sie sprachen auch nie darüber, was man tun kann, wenn die kleinen Küken krank werden oder die Sahne im Butterfass nicht zu Butter werden will.

Als Mutter fertig mit ihren Besorgungen war, kletterte eine sehr nachdenkliche kleine Prärie-Prinzessin in den Wagen. Vater hatte ihr diesen Spitznamen gegeben, weil der Name Sarah „Prinzessin" bedeutete. Manchmal träumte sie davon, wie es wäre, eine richtige Prinzessin zu sein. Sie würde jeden Tag weiße Seidenkleider mit Spitzen tragen! Und jeden Tag Eis und Zuckergusstorte essen! Aber heute, als sie neben ihrer Mutter saß, hatte sie nur zwei Wünsche: kein Familiengeheimnis und eine wirklich beste Freundin.

Hyazinthe wollte sich unbedingt vom Geschirr befreien und war daher auf dem Rückweg besonders schwierig zu lenken. Und es wurde noch schlimmer, wenn sie ein Auto mit krächzender Hupe überholte. Die Vorhänge an den Autos flatterten wie Flügel bei kleinen Vögeln und die Autos knatterten beängstigend. Auch die lange Staubwolke hinter den Autos gefiel Hyazinthe überhaupt nicht. Sie hielt es dann für ihre Pflicht, mit den lärmenden Fahrzeugen um die Wette zu rennen. Einmal galoppierte sie in ihrem

Eifer fast in den Straßengraben. Sarah klammerte sich angstvoll an die Seitenwand des Wagens.

Erst bei der Biegung hinunter zur Straße, die nach einer halben Meile am Hof der Scotts vorbeiführte, breitete sich die Frühlingsstille um sie aus. Nun trabte Hyazinthe ruhig dahin. Keiner forderte sie zum Wettlauf heraus oder ängstigte sie. Die Zügel machten ein munteres Geräusch, und die Speichen der hohen Wagenräder surrten leise.

„Ich gäbe etwas darum, wenn ich deine Gedanken wüsste, Sarah", unterbrach Mutter das lange Schweigen. Sarahs Herz zitterte plötzlich ganz seltsam. War jetzt vielleicht der richtige Zeitpunkt, das zu fragen, was sie so gerne wissen wollte?

„Hm ... ich habe darüber nachgedacht, was Miss Hetty gesagt hat – und was du geantwortet hast. Du sagtest, du wärest Tante Janes Freundin ..."

2. Ein Geheimnis und ein Rätsel

„Ich bin es. Ich war – und ich bin es. Ich will es immer sein. Was geschehen ist, kann ich nicht ändern!"

„Aber was ist denn geschehen, Mama? Warum bist du Tante Janes Freundin und sie ist nicht deine?"

„Genaues weiß ich nicht!", sagte Mutter nachdenklich. „Ich kann es nur vermuten."

„Bitte, erzähle!"

Mutter schüttelte den Kopf. „Ich kann nicht – aus zwei Gründen. Ich bin nicht sicher, dass ich den richtigen Grund oder die Gründe weiß. Und selbst wenn ich es wüsste – es ist Tante Janes Angelegenheit, nicht meine."

„Aber ..." Sarah sah unglücklich auf die seidigen Weidenkätzchen längs der Wassergräben, an denen sie entlang fuhren.

„Aber was, Liebes?"

„Tut es denn nicht weh, eine Freundin zu verlieren?", fragte Sarah.

„Es schmerzt sehr, Sarah. Tante Jane und ich waren enge Freunde, seit wir so alt waren wie du. Mein Vater war arm, ihrer sehr wohlhabend. Das hat uns aber nie etwas ausgemacht. Wir waren unzertrennlich. Manche Leute fanden Jane hochmütig. Sie – nun, wenn sie einen Fehler hatte, dann, dass sie nur schwer vergeben konnte, aber nicht, was mich betraf", fügte Mutter schnell hinzu. „Sie war nur lieb und großzügig zu mir."

Mutter sprach nicht weiter. Ein Weilchen war nur das Klippklapp der Hufen und das Surren der Räder zu hören.

„Und dann?", fragte Sarah, die die Ungewissheit nicht länger ertragen konnte.

„Anfangs schmerzte es mich sehr, als es zum Bruch kam. Mir war nichts Böses bewusst, dass ich ihr angetan hätte. Dann ging ich zu ihr und versuchte, alles zu klären. Aber es nützte nichts. Sie wollte mich nicht sehen und auch nicht mit mir sprechen. Deshalb bat ich Gott, mir zu zeigen, wie ich ihr zeigen konnte, dass ich sie noch genauso lieb hatte wie vorher."

„Hat Gott es getan?", fragte Sarahs ehrfurchtsvoll in scheuem Flüsterton. Mutter lächelte gedankenverloren.

„Ich denke schon!" Dann schwieg sie ein Weilchen.

„Manchmal sind wir in Situationen, wo wir nichts tun können – außer zu beten. Und beten kann ein Christ immer. Es ist wundervoll, ein Christ zu sein, Sarah." Mutter brachte den Wagen zum Stehen. Sie waren zu Hause angekommen.

Kathleen tauchte mit zwei Eimern voll schäumender Milch aus dem Stall auf. Robbie kam angerannt, um Hyazinthe zu versorgen. Vater nahm Mutter die Pakete und Bündel ab und trug sie in das Haus. Er roch so gut nach Pferden, Heu und Erde!

Die Windmühle knarrte. Ihre Flügel drehten sich und pumpten das Wasser hoch, das den großen Trinkwassertrog füllte. Stuart pfiff zweimal anhaltend. Das war das Signal für die Pferde, zur Tränke zu kommen. Schnaubend kamen sie vom weit entfernten Ende der Weide heran. Es waren fünfundzwanzig Pferde und ein einjähriges Fohlen. Sie dabei zu beobachten, war fast so schön, wie die Lokomotive in Blakely zu betrachten. Vielleicht sogar noch schöner.

Es war bald Zeit zum Abendessen, und Sarah hatte bis dahin noch einige Arbeiten zu tun. Sie kletterte auf den Heuboden, um nach „verirrten" Eiern zu suchen. Sie fütterte die kleinen Gänschen und lockte die kleinen, wolligen Dinger in die hölzernen Boxen, in denen sie die Nacht verbrachten. Dann breitete sie eine Pferdedecke darüber, um sie schön warm zu halten, denn sie hatten keine Gänsemutter, bei der sie sich anschmiegen konnten.

Samstagabend war eine behagliche Zeit im Scott-Haus. Der Küchenboden war blitzblank, und das große Zimmer roch nach Sauberkeit. Acht frisch gebackene große Brotlaibe lagen auf dem Schrank. Beim Abkühlen knackte die Kruste, wenn sie einriss. Das war eines der typischen Samstagabend-Geräusche.

Ein anderes war das Schnipp-Schnapp der Schere, wenn Vater in der Ecke Stuarts und Robbies Haare schnitt. Vater wählte stets die Ecke, die am weitesten von dem Schrank entfernt war, damit keine Haare auf die Brote fielen. Zum Schluss würde Mutter Vaters Haar in Ordnung bringen und all die Haare auf dem Boden zusammenkehren. Kathleen drehte die Kurbel des neuen Butterfasses auf und nieder, auf und nieder – sechzig Mal in der Minute. Ein dünner Strahl Sahne floss aus dem dünnen Rohr. Aus dem anderen schäumte die entrahmte Milch. Auch dieses Geräusch hatte einen vertrauten Klang. Später half Sarah Robbie beim Füttern der Kälber. Man hörte das Schlürfen, wenn die Kälber die entrahmte Milch tranken und mit den Hörnern an die Eimer stießen. Aber der schönste Samstagabend-Klang ertönte nach dem Abendessen, wenn die Scotts zusammen sangen.

Doch zuerst kam das Abendessen. Es gab dicke weiche Scheiben frischgebackenen Brotes, mit sahniger Butter bestrichen, Becher voll herrlich kalter, entrahmter Milch, gebratenen Schinken und gebackene Kartoffeln mit Soße. Und zuletzt hausgemachtes Apfelmus als Nachtisch. Niemand trieb zur Eile. Die Arbeiten in Haus und Hof waren alle getan. An solchen Samstagabenden hatte Sarah immer eine gute Stimmung. Aber heute Abend musste sie immer wieder an das Familiengeheimnis denken. Wo war Keith gerade jetzt? Dachte er vielleicht an Zuhause?

„Vater?" Sarah zog an seinem Ärmel, um ihn auf sich aufmerksam zu machen.

„Ja, Prinzessin Sarah?"

„Gab es das Singen am Samstagabend bei uns auch, als – als Keith noch zu Hau – " Sie schluckte und sprach nicht weiter. Vaters Gesicht war sehr traurig geworden. Stuart starrte auf seinen Teller. Robbie runzelte die Stirn und sah kopfschüttelnd zu ihr herüber. Sarahs Gesicht wurde glühend rot, und sie senkte den Kopf.

Aber Mutter sagte schnell: „Es gibt keinen Grund, warum du Keith nicht erwähnen solltest, mein Liebes. Er ist schließlich dein Bruder. Und ja, wir haben damals auch gesungen."

Es war schon immer so gewesen. Jeden Samstagabend versammelte sich die Scott-Familie um die Wohnzimmerorgel. Manchmal kamen Nachbarn dazu. Zum Beispiel die Heathes oder die Thatchers. Aber Sarah fand, dass es immer noch am Besten war, wenn die Scotts unter sich waren. Stuart sang den Bass – seine Stimme war tief und fest. Vater sang den Tenor. Mutter war besonders stolz auf seine gute Stimme. Mutter, Sarah und Robbie sangen Sopran. Kathleen übernahm die Altstimme, wie auch im Chor. Und wie sie singen konnte!

Sie spielte außerdem die Orgel. Ihre Finger waren ein bisschen kurz, aber ihre Hände hüpften geschickt über die Tasten. Wenn sie spielte, klangen die Töne so voll und kräftig, dass es einem Schauer über den Rücken jagte.

Die Orgel war wunderschön. Die hohe schmale Rückseite reichte fast bis an die Decke. Sie war mit vielen Schnitzereien versehen – mit Blättern und anderen Dingen. In der Mitte befand sich ein Spiegel, und an jeder Seite ein Lampenhalter. Sarah war mächtig stolz auf die schönen Lampenkugeln. Selbst bei Tageslicht funkelten sie, denn Sarah hatte sie selbst gewaschen und blank gerieben. Und erst wenn es Abend wurde! Das Licht brannte hell und warf huschende Schatten auf die geblümte Tapete. Robbies Haare, die vorne immer wild abstanden, sahen doppelt so groß aus wie in Wirklichkeit. Und Kathleens Schatten war groß – so groß, wie sich Sarah die Riesen aus den Büchern vorstellte. Er bewegte sich vor und zurück und neigte sich, während sie den Blasebalg trat, spielte und sang.

Sie sangen Lieder vom Himmel, vom Sterben Jesu am Kreuz und von Gottes herrlicher Gnade. Was „Gnade" ist, ist schwer zu erklären. Aber Sarah verstand ungefähr, was es bedeutete. Sie sangen das Lieblingslied eines jeden, und wenn sie durch waren, durfte sich jeder noch eins wünschen. Gerade als Sarah sich im Stillen wünschte, dass der Gesang nie aufhören möge, läutete das Telefon einmal lang. Das bedeutete, dass die Zentrale für heute schloss und nun nicht mehr telefoniert werden konnte.

2. Ein Geheimnis und ein Rätsel

„Neun Uhr", sagte Vater. „Morgen ist Sonntag, und wir müssen früh aufstehen. Wo ist die Bibel, Mutter?"

Nach dem Bibellesen und Gebet schleppte Vater die große Badewanne in die Küche. Sarah war zuerst an der Reihe. In ihrem frisch gewaschenen Nachthemd hüpfte sie dann die Treppen nach oben. Ihr Bett war mit einem sauberen Laken und mit neuen Kissenbezügen aus Mehlsackstoff bezogen. Alles fühlte sich noch warm an und roch nach der Frühlingsluft, denn es hatte fast den ganzen Tag draußen in der Sonne gelegen. Kathleen – oder sonst jemand – hatte auch das Loch in Sarahs Nachthemd geflickt.

Zum Dank dafür steckte Sarah eines der Bonbons aus Jensens Laden unter Kathleens Kopfkissen. Wie würde sie überrascht sein! Sarah kicherte, als sie sich in ihr Bett kuschelte.

Die Strohmatratze raschelte unter ihr. Durch das offene Fenster drangen die letzten Laute von piepsenden Vögeln und quakenden Fröschen ins Zimmer. Leise rauschten die Bäume… und schon war Sarah eingeschlafen.

3. Bewahrt durch eine neue Woche

Sarah blinzelte verschlafen in die Sonnenstrahlen, die schräg über ihr Kopfkissen fielen.

„Beeil dich, du Faulpelz!", schien die Sonne zu rufen. Vom Zaunpfahl unter dem offenen Fenster schien die Feldlerche zu fragen: „Wann – steht – ihr – endlich – auf?" Sarah fing an zu kichern, und weckte damit ihre große Schwester.

Kathleen gähnte: „Warum lässt du mich nicht schlafen?"

Im gleichen Augenblick hörten sie Vater unten barfuß durch die Küche gehen. Dann folgte das Rascheln, als er am Kochplatz in der Asche stocherte und Feuer machte. Sarah hörte das knisternde Krachen des Holzes und roch den leichten Rauchduft. Vater füllte Wasser in den Kessel und in den Suppentopf. Es war Zeit aufzustehen!

„Na gut", seufzte Kathleen und setzte sich im Bett auf.

Sarah sprang aus dem Bett. Sonntagmorgens war bei den Scotts Eile geboten. Sie wohnten fünf Meilen von der Kirche entfernt und es gab noch viel zu tun, bevor sie losfahren konnten.

Sarah war sich nicht ganz klar darüber, ob auch Tiere wussten, dass Sonntag war. Die Pferde schienen es zu ahnen. Es war der Tag, den sie alle – außer Prince und Captain – auf der Weide verbrachten. Sie standen dann unter den Bäumen beisammen,

3. Bewahrt durch eine neue Woche

schlugen nach lästigen Fliegen und kratzten sich mit den Zähnen die juckenden Stellen. Oder sie rannten um die Wette und fegten über die Weide wie eine Horde zu groß geratener Fohlen. Dann wieder standen sie still und knabberten an den Gräsern.

Vielleicht machten die Pferde damit die Kühe ärgerlich? Kathleen sagte immer, dass sie am Sonntagmorgen am schwierigsten zu melken wären. Aber Mutter meinte, sie würden wahrscheinlich Kathleens Eile spüren und das mache sie nervös.

Der Hund Spencer wusste es bestimmt. Er konnte zwar nichts über die Kirche wissen – dass Vater Sonntagsschulvorsteher war, dass Bruder Hammond predigte und Kathleen im Chor sang. Aber wahrscheinlich frage er sich, was alle taten, wenn sie stundenlang nicht zu Hause waren. Er wusste, dass ihm ein einsamer Tag bevorstand. Vielleicht hatte Prince ihm das gesagt. Wenn Sarah sich am Sonntagmorgen beeilte, die Küken und Gänschen zu füttern und Robbie mit der Magermilch für die Kälber hinausrannte, kam Spencer traurig schnüffelnd hinterher. Sie streichelten ihm liebevoll den Kopf, denn er tat ihnen leid – und sie sich selbst auch ein wenig. Denn Sonntage waren frohe und zugleich ein wenig traurige Tage.

„Bewahrt durch eine weitere Woche", sangen die Scotts am Frühstückstisch. „Lasst uns nach Seinem Segen streben, wenn wir heute in seinen Vorhöfen warten." Sarah verstand das Wort „Vorhöfe" nicht ganz, aber es klang so, als wenn man eingeschlossen war. So fühlte sich der Sonntag auch an. So wie ihre Schuhe. Hübsch waren sie ja – aber so steif. Sarahs Füße schmolzen fast, so heiß wurden sie in den Schuhen. In der Kirche ließ sie sie hin und her baumeln. Aber nicht zu sehr, denn sonst legte sich eine Hand warnend auf ihr Knie. Ihre Füße wollten und wollten einfach nicht still stehen. Viel lieber wären sie über Gras und kühlen Sand gelaufen und in den Bach gesprungen. Aber das ging ja nicht, denn es war Sonntag!

„Hör auf zu träumen, Prinzessin!", sagte Vater an diesem Morgen. „Iss dein Frühstück! In einer Stunde müssen wir unterwegs sein."

„Trockne die Tassen ab! Schneller! Warum bist du so langsam?", meinte Kathleen. „In einer halben Stunde müssen wir losfahren!"

„Lass mich deine Haarschleife festbinden!", bot sich Mutter an. „Steh' doch mal für eine Minute still, Liebes. Stuart spannt die Pferde vor den Wagen. Sei vorsichtig mit deinem Mantel und gib acht beim Sitzen, damit die Schärpe am Kleid nicht zu sehr zerdrückt wird. So, fertig! Wo ist Kathleen?"

„Sie ist oben und macht ihre Ohrlöckchen!", rief Sarah und sauste zur Tür.

Der Einspänner wartete draußen am Gartentor. Vater und die Jungen saßen in ihren besten Anzügen und Hüten schon im Wagen. Sarah bückte sich und streichelte Spencer den Kopf. „Wir sind in ungefähr vier Stunden wieder zurück. Das ist doch nicht allzu lang, oder?", flüsterte sie ihm zu. Das fand er wohl doch und leckte Sarah traurig die Finger.

Vater half Sarah und Mutter beim Einsteigen über das hohe Hinterrad. Sie drei würden heute hinten sitzen, weil Stuart die Pferde lenkte.

Prince war ein schlankes, rotbraunes Pferd, Kaptain ein gedrungener Rotfuchs. Sie passten ganz und gar nicht zusammen, waren aber beide recht gute Traber. Das Warten wurde ihnen lang. Sie kauten auf dem Zaumzeug, schüttelten die Mähnen und schnaubten. Man sollte Pferde nicht warten lassen!

„Kathleen!", rief Mutter laut. Kathleen kam im langsamen Tempo an. Sie rannte nicht mehr, schließlich war sie schon eine junge Dame. Ihre Ohrlöckchen waren genau da, wo sie sein sollten. Sie würde sich nie die Haare frisieren, dass sie wie ein Amselnest aussahen – so wie manche Mädchen es taten.

„Du brauchst natürlich extralang!", grummelte Stuart.

„Nicht so lang wie du!", gab Kathleen zurück, und ihre dunklen Augen blitzten. Die roten Kirschen an ihrem Hut wackelten, als sie auf ihren Sitz kletterte. „Schließlich musste ich die Teller abwaschen und den Entrahmer und ..."

„Genug, Kathleen!", unterbrach Mutter sie ruhig.

Stuart schnalzte mit den Zügeln, und Prince und Captain trabten los. Die Luft war klar, ohne Staub, nur dann nicht, wenn die Autos an ihnen vorbeijagten. Die Heathes fuhren vorbei – aber sie waren nicht auf dem Weg zur Kirche. Sie fuhren nie zur Kirche. Ihre Hupe quäkte, und die Vorhänge flatterten genau wie Mamie Heathes Halstuch.

„Eine Limousine kommt!", schrie Robbie, den Kopf nach hinten gedreht. „Ein nagelneues Auto! Wer denkt ihr …"

Das Auto schnurrte vorbei. Durch die Staubwolke sah Sarah den großartigen Wagen. Er hatte ja Glasscheiben an allen Seiten! Mit dem konnte man bequem 35 Meilen in der Stunde fahren! Dreimal so schnell wie Prince und Captain liefen! Sogar viermal! Und man würde nicht einmal staubig werden!

„Seht mal, wer hinter dem Steuer sitzt!", johlte Robbie. Es war Tante Jane Bolton! Kaum zu glauben. Sie saß aufrecht und sah unbeirrt geradeaus, obwohl der Wagen etwas schwankte. Tante Jane – mit einem nagelneuen Auto – einer Limousine! Obwohl … reich genug war sie ja.

In Sarahs Herz kam Neid hoch. Fast jeder hatte ein Auto – nur die Scotts nicht. Sarah seufzte.

„Warum so trübselig, Prinzessin?", hörte sie Vater fragen. „Noch dazu an einem so herrlichen Morgen, den unser Herr gemacht hat?"

Von wegen Prinzessin! Sie fühlte sich eher wie ein Bettlermädchen.

„Hör doch die Feldlerche, wie sie den Herrn preist!", sagte Mutter verträumt. „Wenn du in einem geschlossenen Auto fahren würdest, könntest du sie nie hören."

Man würde auch weder den Duft der Weidenkätzchen und Krokusse riechen, noch den Windhauch am Hals spüren oder das warme Sonnenlicht fühlen, wie es die Wangen liebkost. Und ein Auto konnte man auch nicht streicheln, hinter den Ohren kraulen, oder mit Möhren füttern.

Sarah kicherte bei diesen Gedanken – und fühlte sich plötzlich viel besser. Prince und Captain waren ihre Freunde.

„Wir werden auch eines Tages ein Auto haben!", versprach Vater.

„Aber wann?", fragte Sarah.

„Wenn wir es uns leisten können. Angenommen, wir haben ein paar gute Ernten und erzielen ordentliche Preise – dann könnte der Tag eher kommen, als du denkst."

Die Kirchenglocken läuteten, und Prince und Captain spitzten die Ohren. Geschickt liefen die beiden den Abhang auf der letzten halben Meile hinunter. Der Wagen wirbelte auf den Grasplatz vor der Kirche und hinauf zu den Anpflockpfählen. Vater half Mutter und den Mädchen herunter. Die Jungen banden das Gespann an und holten Haferbündel für die Pferde hervor.

Vater verlor keine Zeit. Er war Prediger und als solcher musste man rechtzeitig da sein. Während sie auf den Beginn der Sonntagsschule wartete, wanderten Sarahs Gedanken noch einmal zu Vaters Versprechen. Sie hätte zu gern gewusst, warum die Thatchers sich einen Wagen leisten konnten, oder auch die Gerricks. Aber vielleicht bedeutete „sich leisten können" nicht immer dasselbe. Sadie Siddons sagte, sie könnten es sich zu Hause nicht leisten, Fleisch zu essen. Das gäbe es bei ihnen nur ab und zu mal, weil sie alle Schweine und Hühner verkauft hatten. Aber sie kauften sich Süßes – viele Süßigkeiten. Und Schokoladenriegel hatten sie fast jede Woche.

Vater konnte sich nicht öfter als viermal im Jahr Süßigkeiten für die Familie leisten. Aber Mutter bekam eine neue Waschmaschine. Mrs. Siddons dagegen musste immer auf dem Waschbrett waschen. Mutters Waschmaschine hatte ein großes Rad zum Drehen an der Seite, und die Wäsche wurde fast ohne Reiben sauber. Und Vater baute eine Zisterne für das Regenwasser und kaufte eine Pumpe – und den neuen Entrahmer und eine Windmühle!

Gut, dass man die Stimme nicht kaufen brauchte. Vater hatte einen kräftigen Tenor. Das war in der Sonntagsschule eine große Hilfe, denn die Kirchenorgel war alt. Mutter sagte einmal, sie würde so klingen, als ob sie Asthma hätte. Sie keuchte und hustete. Schwester Hammond, die Frau eines Predigers, spielte die Orgel.

Ein- oder zweimal verzog sie ihr Gesicht, als ob die Orgel ihr Zahnweh mache. Aber Vaters Stimme führte gut und stark, und das Singen klang nicht allzu schlimm.

„Die Sonne scheint heut' in meiner Seele!", sangen alle. Schwester Hammond war in diesem Jahr Sarahs Lehrerin. Letztes Jahr hatte Mrs. Eggermaier sie unterrichtet. Sie hatte viele Fragen gestellt – und die Kinder lasen die Antworten aus der Bibel vor. Zum Beispiel: Was sagte Jesus zu Seinen Jüngern? Was antworteten sie? Was sagte Jesus zu den Pharisäern? Was fragten sie Ihn? Was antwortete Er ihnen? Was fragten seine Jünger Ihn danach? Das war kinderleicht.

Schwester Hammond hatte funkelnde Augen und ein rundliches Gesicht. Bei ihr musste man nachdenken, scharf nachdenken. Es sah so aus, als hielte sie die Bibel für das aufregendste Buch der Welt. Und das stimmte ja auch. Nur – nun, manche Stellen konnten unbequem werden. In der heutigen Lektion ging es um das verlorene Schaf. Schwester Hammond hatte Tränen in den Augen, als sie erzählte, wie der Schafhirte das verlorene Schäfchen suchte. Er wollte und konnte nicht aufgeben, bis er es gefunden hatte.

Sie spricht von dir, Sarah Naomi, sagte eine Stimme tief in Sarahs Herzen.

Das tut sie nicht! Ich bin nicht verloren!, widersprach Sarah.

Doch, du bist es, Sarah Naomi! Du bist gemeint!

Sei endlich ruhig, dachte Sarah ärgerlich. Aber sie merkte doch, dass sie sich ein wenig fürchtete.

Wenn ich nun so mit ... mit dem Hirten sprechen würde? Und Er dann wirklich aufhören würde, mich zu suchen? Aber darüber wollte sie lieber nicht weiter nachdenken.

Der Sonntagsschulraum war in kleine Quadrate unterteilt und jedes Quadrat wiederum hatte ein Fenster. Abgeteilt waren die einzelnen „Räume" durch braune Brokatvorhänge. Die Stimmen der Lehrer und Schüler waren durch diese Vorhänge gut zu hören. So konnte Sarah leicht ihre Gedanken abschweifen lassen.

Sie starrte ganz bewusst auf das Muster des Brokatstoffes. Es sah aus wie Palmbäume oder Farnkraut in einem tropischen Wald! Sie kam ins Träumen, und plötzlich spazierte sie durch den Wald bis zu einer Burg. Dort lebte eine entzückende Prinzessin. Sie hatte lange goldene Locken, tiefblaue Augen und Zähne wie Perlen und unzählige Diener und – – –

„Sarah?"

Sarah fuhr hoch. Das Schloss verschwand. Der Wald verwandelte sich zurück in den leise schwingenden Brokatvorhang. Schwester Hammond sah sie erwartungsvoll an. Sarah wurde rot.

„Oh, es – es tut mir leid. Ich habe nicht gehört – "

„Hast du einen Bibelvers für heute auswendig gelernt?"

Sie schüttelte ihren Kopf. „Es – es tut mir leid!"

Das stimmte nicht. Gerade gestern hatte sie den Vers gelernt: „Wir gingen alle in die Irre wie Schafe." Aber sie konnte ihn plötzlich nicht aufsagen. Der Vers war doch falsch! Er konnte nicht richtig sein! Sie war nicht verloren!

Sarah atmete auf, als die Sonntagsschule zu Ende war. In der Andacht predigte Bruder Hammond über Josaphat, der singend in den Kampf zog, und wie Gott für ihn kämpfte. Das war aufregend!

Später an der Ausgangstür hielt Bruder Hammond Sarahs Hand einen kleinen Augenblick länger als sonst. „Es freut mich von Herzen zu sehen, wie aufmerksam du Gottes Wort hörst, Kleines!", sagte er und schüttelte lächelnd ihre Hand. Sarah lächelte zurück, aber ihr war nicht wohl dabei. Sie war froh, dass Schwester Hammond gerade die Gesangbücher bei der Orgel einsammelte. Denn sie wusste es besser. Sie wusste, dass Sarah nicht die ganze Zeit aufmerksam zugehört hatte. Aber sie hatte Bruder Hammonds Worte nicht gehört. So schnell sie konnte, schlüpfte Sarah hinüber zu ihrer Mutter, die mit Mrs. Gerrick sprach. Mutter lud die Gerricks zum Mittagessen ein. Susan stand auch dabei. Die beiden Mädchen umarmten sich, und Mrs. Gerrick sagte, sie wolle mit ihrem Mann darüber sprechen. Der war einverstanden. Aber sie müssten zuerst nach Hause, die Küken füttern und nachsehen, ob mit den jungen Ferkeln alles in Ordnung war. Sarah durfte mit Gerricks im Auto nach Hause fahren. Was war das für ein komisches, kitzliges Gefühl, mit fünfunddreißig Meilen in der Stunde dahin zu rauschen! Manchmal, wenn es einen kleinen Hügel hinunter ging, fuhren sie sogar vierzig! Und sie machten einen langen Umweg, um nicht vor den Scotts, die im Pferdewagen fuhren, bei deren Heim anzukommen. Es war eine tolle Fahrt.

Als Sarah zu Hause ankam, sprang sie heraus. Höflich lud sie die Gerricks ein, mit ihr in das Haus zu kommen. Mutter begrüßte ihre Gäste an der Tür. In der Küche war Kathleen eifrig damit beschäftigt, den Tisch zu decken, Kaffee zu machen, den kalten Braten aufzuschneiden, Kartoffeln zu braten, Erbsenbrei zu machen und den Kuchen zu schneiden. Kuchen servieren war etwas wirklich Elegantes – fast so elegant wie ein eigenes Auto zu besitzen.

4. Sonntagsgäste

Sarah zählte gewissenhaft, wie viele Teller für den Tisch benötigt wurden. Vier kamen an jede lange Seite, zwei an jedes Ende, also insgesamt zwölf! Sechs Scotts, Mr. und Mrs. Gerrick, Ralph, Chuck, Bertie und Susan. Du liebe Güte, das waren ja zwölf Leute!

„Herbie kommt auch!", verkündete Susan in Kathleens Richtung, die ihr den Rücken zuwandte.

„So?" Kathleen rührte weiter in den Kartoffeln. Susan sollte doch wissen, dass man mit niemandem sprach, der so viel zu tun hat, dachte Sarah. Warum kam Herbie aber auch überhaupt hierher? Er musste doch nicht mehr Besuche mit seiner Familie machen! Er hatte sein eigenes Auto – einen kleinen Flitzer mit Notsitz. Und wen wollte er hier besuchen? Er war doch schon wirklich alt. Schon dreiundzwanzig Jahre!

„Da kommt sein Flitzer ja endlich!", quiekte Susan und lief zum Fenster.

„Nein, er ist es doch nicht! Es ist ..."

Ehe sie weitersprechen konnte, steckte Stuart seinen Kopf durch die Eingangstür in die Küche.

„Vater!", rief er, „Vater! Die Thatchers sind da!" Sarah und Robbie sahen sich an, und beide seufzten leise.

„Also einen zweiten Tisch!", sagte Robbie ergeben.

Robbie hatte Susans Brüder nach oben in das Jungenzimmer gebracht. Aber jede Minute war der Essensgeruch intensiver geworden und die Jungen waren allmählich immer weiter die Treppe heruntergekommen. Jetzt saßen sie auf der dritten und fünften Stufe von unten und sahen durch das Geländer auf den Tisch, der sich nach und nach mit Speisen füllte. Dann schlug Robbie vor, wieder nach oben zu gehen. Denn wenn man erst im zweiten Durchgang essen durfte, musste man eine Stunde warten – mindestens.

Aber sie brauchten gar nicht zu warten. Die Thatchers hatten außer Louise niemanden mitgebracht. Sie hatte rote Haare und war ein ziemlicher Wildfang. Im Chor sang sie die Altstimme und ging auf die High School in der Stadt. Sie und Stuart waren beide in derselben Stufe. Mit Kathleen war sie gut befreundet, obwohl Kathleen nicht auf der High School gewesen war. Louise sagte, sie würde lieber warten und mit Kathleen essen. Und Stuart meinte, er sei noch nicht hungrig, was allerdings ziemlich erstaunlich war. Herbie Gerrick lächelte nur und sagte, er könne auch warten. So war genug Platz am Tisch für alle anderen.

Nach dem Essen brauchte Sarah nicht einmal beim Geschirrspülen zu helfen. Mutter ließ sie spielen gehen.

Spencer freute sich auch darüber. Er sauste den ganzen Weg zur Bucht und wälzte sich immer wieder übermütig in den riesigen Strohhaufen.

Die Scotts hatten immer den größten Strohvorrat in der ganzen Umgebung. Vater hasste es, im Winter das Stroh heranschleppen zu müssen, das zum Einstreuen und Füttern des Viehs nötig war. Anstatt hier und da auf dem Feld draußen zu dreschen, wie es die anderen Farmer taten, drosch er all das Korn am Fuße des Hügels nahe der Bucht. Das bedeutete aber, dass er extra Leute anstellen musste, um die Garben aus dieser Entfernung zusammenzutragen.

4. Sonntagsgäste

Die große Maschine spuckte alles Stroh aus und türmte es zu einem riesigen Berg. Wenn das kalte Wetter einsetzte, fraß sich das Vieh einfach seinen Weg in den Haufen hinein. Es gab dann Höhlen und Gänge, in denen sie sich selbst bei einem drei Tage stürmenden Blizzard geborgen einkuscheln konnten.

Aber jetzt war Frühling. Man konnte sich kaum vorstellen, dass hier jemals Schnee gelegen hatte. Die Rinder lagen im Schatten der raschelnden Bäume. Die Strohhaufengänge waren schön schaurig und schattig und wunderbar geeignet zum Versteckspiel. Susans Brüder und Robbie spielten dort eine Weile mit den Mädchen. Dann schlenderten sie zur Bucht hinunter und nahmen Spencer mit. Sarah und Susan entschieden sich, das „Strohgebirge" zu erklimmen.

Einen Strohhaufen im Frühling zu ersteigen, ist eine ziemlich glitschige Angelegenheit. Sonne, Wind und das Gewicht des Schnees hatten die Seitenwände und die Spitze glatt gemacht. Dazu wehte heute ein frischer Wind, der das Klettern noch schwieriger machte.

Die Mädchen gruben ihre Finger in das Stroh, um Halt zu finden. Zentimeter für Zentimeter erkämpften sie sich den Weg nach oben. Plötzlich rutschten sie mit ihren Schuhen aus, hingen für eine Weile an der Wand und schlitterten dann lachend bis zum Fuße des Strohhaufens. Auf dem weichen Untergrund konnten sie sich nicht ernstlich verletzen.

Die zwei gaben nicht auf und starteten ungefähr zehn Mal von neuem. Bei jedem Versuch kamen sie ein Stück höher. Beim letzten Mal schafften sie es tatsächlich. Sie waren oben auf dem großen Haufen und der Wind blies ihnen mit aller Macht in die Gesichter. Irgendjemand hatte hier eine kleine Vertiefung ins Stroh gegraben, die man von unten nicht sehen konnte. „Sieh an!", sagte Sarah. „Wahrscheinlich hat Robbie das gemacht. Er hat mir mal erzählt, dass er und Spencer ein Versteck hätten, wollte mir aber nicht verraten, wo es ist. Jetzt habe ich es gefunden. Das ist es bestimmt!"

In der Vertiefung war es warm und kuschelig. Wenn sie ihre Köpfe nicht hoben, wehte der Wind gerade über sie hinweg und berührte sie fast gar nicht. Und wie weit sie von hier aus sehen konnten! Direkt in Tante Jane Boltons Hof, wo das Bettzeug noch in der Sonne auf der Leine hing.

4. Sonntagsgäste

Sarah erinnerte sich an die Neuigkeit und fing an, von dem Mädchen zu erzählen, das zu Tante Jane Bolton kommen und dort wohnen sollte. Aber Susan wusste es schon. Miss Hetty von der Post musste jedem davon berichtet haben. Susan war keineswegs so aufgeregt und glücklich über diese Nachricht wie Sarah.

„Warum eigentlich nicht?", fragte Sarah.

„Weil sie deine beste Freundin werden wird. Ganz bestimmt. Ihr werdet so dicht beieinander wohnen. Aber ich will, dass wir beide Freundinnen sind, – weil – weil – komm mal näher heran, dann flüstere ich es dir ins Ohr."

„Warum?", fragte Sarah. „Niemand kann uns hören. Ich mag Flüstern nicht. Das kitzelt!"

„Gut! Dann erzähle ich es nicht", sagte Susan.

„Das macht mir gar nichts aus!"

Susan war so herrisch. Alles musste immer so gehen, wie sie es wollte. So und nicht anders.

Sie rief: „Du schwindelst! Du willst es doch wissen!"

„Will ich nicht!"

„Willst du doch!"

„Will ich nicht!"

„Doch, du willst – du willst – du willst -"

„Will ich nicht – will ich nicht – will ich nicht -"

Sie riefen immer schneller und schneller, bis sie außer Atem waren. Dann fingen sie an zu kichern und alles war wieder gut.

Sarah ließ sich von Susan sogar das Geheimnis ins Ohr flüstern. „Herbie ist in Kathy verliebt!", flüsterte Susan. „Deshalb ist er heute da!"

Sarahs Mund blieb offen stehen vor Überraschung und Bestürzung. Herbie Gerrick. Der war doch niemand Besonderes. Einfach nur Herbie Gerrick! Er hatte ein pausbackiges Mondgesicht genau wie sein Vater. Und ähnlich wie das von Susan. Er redete nie viel, wenigstens schien es Sarah so. Er hatte eine Farm und einen kleinen Flitzer und das war alles. Er arbeitete mit seinem Vater zusammen.

Aber Kathleen – sie würde eines Tages einen wichtigen Mann heiraten! Das hatte sie immer gesagt.

„Na und, *sie* ist aber nicht verliebt in ihn!", erklärte Sarah.

„Ist sie doch!"

„Wer hat das gesagt?"

„Herbie! Ich habe gehört, wie er mit Mama und Papa gesprochen hat."

„Herbie!" Sarah rümpfte verächtlich die Nase. „Der weiß gar nichts."

„Weiß er wohl!"

„Tut er nicht! Er kann es gar nicht wissen."

„Tut er doch! Tut er doch! Tut er doch!"

Und sie stritten wieder, bis ihnen die Luft ausging. Aber dieses Mal endete es nicht mit Kichern. Sie versanken in Schweigen, weil sie einfach zu erschöpft waren.

„Und ich werde dir noch etwas erzählen", sagte Susan wichtig. „Ich weiß, warum Miss Bolton all die Jahre auf deine Mutter wütend ist! Soll ich es dir erzählen?"

Sarah wusste, dass sie eigentlich nicht hinhören sollte. Das war nur Gerede. Und Mutter hatte gesagt, dass der Grund Tante Janes Geheimnis wäre. Aber Sarah brannte darauf, es zu erfahren.

„Dein Vater war bei Miss Boltons Vater angestellt, hat meine Mutter gesagt. Und sie wollte ihn heiraten – und – "

„Deine Mutter wollte meinen Papa heiraten?", unterbrach Sarah.

„Nein, Unsinn! Miss Bolton wollte ihn haben, aber er heiratete ihre beste Freundin – also deine Mama. Und deshalb ist Miss Bolton böse und geht nicht mehr zur Kirche. Deshalb kannst du das Mädchen, das bei ihr wohnen wird, nicht als beste Freundin haben. Du solltest lieber mit mir Freundschaft halten. Wenn Herbie und Kathy heiraten werden – "

„Sie heißt Kathleen!", warf Sarah überlegen ein. „Und sie werden nicht heiraten! Das werden sie nie!"

„Werden sie! Du wirst schon sehen. Und gerade weil sie zusammenkommen, *müssen* wir geradezu beste Freundinnen sein. Wir sind dann sozusagen eine Familie – irgendwie."

Sarah sprang auf. Oha! Wie stark der Wind blies.

„Lass uns den Strohschober hinunterrollen", schlug sie mutig vor. Sie dachte, Susan würde sich das nie wagen. Aber sie hatte sich getäuscht.

„Und los", sagte Susan.

Manchmal konnte es ganz nützlich sein, eine gute Fettpolsterung wie Susan zu haben. Sie rollte weich und mühelos hinunter. Sarah dagegen prallte bei jeder Drehung auf die Ellenbogen. Der Himmel, die Bäume, die Bucht und das Gras, die Kühe und die Pferde – alles wirbelte wie verrückt im Kreise herum. Dann – rumms! – lag Sarah still am Boden, die Augen geschlossen.

Im nächsten Augenblick hörte sie ein Winseln, und eine warme feuchte Schnauze leckte über ihr ganzes Gesicht. Im Nu waren ihre Augen offen. Sie setzte sich lachend auf und warf ihre Arme um Spencers Hals. Er war zu ihr zurückgekommen!

„Hast du gedacht, ich hätte mir wehgetan? Nein, mir ist nichts geschehen! Susan, komm und lass uns hinauf zum Haus laufen!"

Sie klopften das Stroh aus Haar und Kleidern, während sie den Hügel hinauftollten.

Am Gartentor hielten sie kurz an. Sarahs Mund blieb erneut offen stehen. Susan grinste nur, als sie genau vier Leute auf der Veranda sitzen sahen: Herbie und Stuart, Kathleen und Louise. Herbie saß auf den Stufen zu Kathleens Füßen gegen einen Pfosten gelehnt und klimperte auf einem Banjo. Louise saß auf der Schaukel und spielte Gitarre. Alle zusammen sangen sie „Es ist die letzte Rose des Sommers!"

So ein Unsinn! Eben wurde es doch erst Frühling! Und wie Herbie den Tenor sang! „Es ist die le-hetzte Ro-ho-se des So-hommers ..." Susan fand, es klinge herrlich. Das konnte man an ihrem Gesicht sehen, während sie lächelnd den Weg hinaufging. Sarah marschierte unbeeindruckt vom Konzert der vier Musikanten in die Küche. Dort gab es neue Aufregung.

Susans Mutter erschrak, als sie die Mädchen sah.

„Sarah Naomi Scott!", schnappte ihre Mutter nach Luft. „Wo bist du gewesen?"

Beide Mütter zogen hastig Strohreste aus Haaren, Strümpfen und Schuhen.

„Deine Schuhe sind hin!", jammerte Mutter. Sie waren in der Tat schlimm zerkratzt.

„Es – es tut mir leid!", murmelte Sarah.

„Dann ist diese Entscheidung schon gefallen", sagte Mrs. Gerrick entschieden. „Susan muss sich vor der Abendversammlung vollständig umziehen. Wir bleiben also nicht zum Abendbrot."

Mutter tat es leid, aber Sarah sah ihre Freundin mit einem Gefühl von Erleichterung gehen. Sie hatte Sehnsucht nach ihrem geheimen Versteck unter dem großen Wildapfelbaum. Gerade jetzt war es dort wunderhübsch, alles duftend und übervoll von rosa Blüten. Es war herrlich ruhig dort, und sie war ganz für sich. Nur das Hinkommen war ein Problem, denn sie wollte nicht wieder an den Musikanten vorbei.

Sarah ging auf Zehenspitzen in das Elternschlafzimmer und öffnete das Fenster. Es klemmte etwas, aber schließlich drückte sie es weit genug auf, um sich durchzuschlängeln und nach draußen zu springen. Sie lief leichtfüßig über das Gras am Obstgarten vorbei. Schon wollte sie in ihrem Versteck verschwinden, da prallte sie gegen ihren Vater.

„Na, mein kleines ausgelassenes Mädchen!" Er fing sie mit seinen Armen und hielt sie fest.

„Prinzessin Sarah Naomi! Irre ich – oder wirst du mit etwas nicht fertig in deinen Gedanken?" Er nahm ihr Gesicht in seine

4. Sonntagsgäste

starken braunen Hände. „Wenn es irgendetwas gibt, würdest du es deinem Vater erzählen?"

„Lass mich los!", flüsterte Sarah und versuchte freizukommen. „Lass mich los!"

Er ließ seine Arme sinken und sie war frei. Aber als sie sein Gesicht sah, konnte sie nicht einfach entwischen. Er sah so traurig aus.

„Ist es sehr schlimm?", fragte er.

Sie nickte und nagte an der Innenseite ihrer Wange.

„Es ist schrecklich! Ich glaube nicht, dass es stimmt – aber Susan behauptet, dass es wahr ist. Ich denke, du solltest Herbie Gerrick sagen, er soll seinen alten Flitzer nehmen, damit wegfahren und nie, nie wiederkommen!"

Vaters Mundwinkel zuckten. Zuerst bebte er leise lachend, Sarah immer noch im Arm, aber dann schüttelte er sich vor Lachen und Tränen rannen seine Wangen hinunter.

„Ah, daher weht der Wind!", sagte er, wischte seine Augen und gluckste.

Er stand also auf Herbies Seite. Sarah war so wütend, dass sie ihm den ganzen Klatsch erzählte – über Fräulein Bolton und Mutter und alles andere. Vater wurde ernst.

„Moment mal", sagte er nüchtern. „Du hast dir offensichtlich Klatsch erzählen lassen. Was deine Schwester angeht, Prinzessin, tut es weh, daran zu denken, dass sie unser Nest verlässt. Das ist nur natürlich. Aber ihr Fortgehen ist es auch. Gott hat das so geplant."

„Dann geht sie wohl zu Herbie auf die Farm?", fragte Sarah zitternd. Vater lächelte und seufzte dann ein bisschen. „Ich hoffe, sie machen keinen Fehler. Ich vertraue ihnen, dass sie Gottes Willen suchen. Das ist es, was zählt. Aber komm jetzt, und Kopf hoch, mein Kleines. Kathleen wird nur zwei Meilen von uns entfernt wohnen. Ihr könnt euch noch immer mehrmals in der Woche besuchen. Habe ich außerdem nicht vor kurzem gehört, Kathleen sei zu herrisch?"

„Bitte, Vater, wiederhole das nicht!"

Er scherzte nicht mehr. Seine große Hand streichelte ihr Haar. „Armes kleines verlorenes Schäfchen!", sagte er. „Was ist denn jetzt los? Hey! Komm zurück!"

Aber Sarah stürzte davon. „I – ich m – muss mich f – fertigmachen f – für die K – Kirche!", rief sie über die Schulter zurück.

Er weiß es. Ihr kleines Herz pochte ängstlich und aufgeregt. *Vater weiß Bescheid!* Das war das Schlimmste an diesem Sonntag. Sie war verloren und wusste sicher, dass Vater es auch wusste!

5. Linda

Der Frühling brachte immer etwas Neues. Zierliche schwarze oder silbergefleckte Fohlen wurden geboren. Sie trabten auf ihren wackeligen Beinen daher, die wie Stelzen aussahen. Glucken stolzierten aus ihrem Nest mit manchmal gleich fünfzehn flaumigen, gelben Kindern, die hinterher trippelten.

Der Frühling war auch eine besonders eilige Zeit. Vater erklärte den Grund. In etwa neunzig Tagen konnte der erste Herbstfrost plötzlich über die Kornfelder kommen, und die Wintersaat musste vorher ausgesät sein.

Stuart ging deshalb zwei Wochen nicht zur Schule, damit ein Mann zur Bedienung der Sämaschine da war, während Vater den Pflug führte. Sogar der zwölfjährige Robbie half bei der Feldarbeit, die ganzen Samstage und hin und wieder halbe Schultage. Er lief hinter der Egge über die gepflügten Felder.

Auch Mutter und Kathleen verrichteten Arbeiten, die sonst nicht zu ihren Aufgaben gehörten wie Stall ausmisten, Futter herunterholen und die Schweine absprühen. Sarah übernahm die Kälber, die erst lernen mussten, die Milch aus einem Eimer zu trinken. Oft hatte sie zugesehen, wie es gemacht wurde. Man steckte die rechte Hand in die Milch, die Finger ein bisschen nach oben gebogen. Dann drückte man den Kopf des widerspenstigen kleinen Kalbes mit der linken Hand hinunter in den Eimer. Die Kälber zerrten an den Fingern und saugten dabei die Milch. Bald

hatten sie gelernt, auch ohne die Hilfe der Finger die warme Milch zu schlürfen.

Nur das knochige Baby der Kuh Brindle war halsstarrig wie seine Mutter. Es schnaubte und stieß mit seinen Hörnern herum, bis es Sarah den Eimer aus der Hand geschlagen hatte und die Milch über Schürze und Kleid floß.

„Dummes, dummes, dummes Kalb!", heulte Sarah und stampfte mit dem nassen Fuß auf.

„Wie ärgerlich, mein Kleines!", sagte Kathleen zu ihr. „So etwas kann passieren! Das Kälbchen kann es noch nicht besser. Ich werde den Bengel füttern."

„Aber mein Kleid! Ich bin durch und durch nass!", jammerte Sarah. Milchgetränkte Kleider auszuziehen war eine klebrige Angelegenheit.

„Warum gehst du nicht mit deinen Gänschen in die Bucht schwimmen?", schlug Kathleen vor.

Sofort wurde Sarahs Stimmung besser. Die kleinen Gänschen zur Bucht zu führen war eine der täglichen Arbeiten, die Spaß machte. Sarah musste nur das Tor ihres Geheges aufmachen und sie locken: „Piele, piele, piele!" Dann ging sie gewöhnlich voran, und die kleinen Gänse kamen in langer Reihe hinter ihr her. So liefen sie watschelnd zum Bach hinunter. Wenn Spencer nicht Robbie auf dem Feld Gesellschaft leistete, trottete er am Schluss des schaukelnden Gänsemarsches und passte auf, dass kein Gänschen im Gras verlorenging. Verirrte sich eines, dann stupste er es mit seiner Nase zärtlich in die Reihe zurück.

Heute konnte Sarah es kaum erwarten, in den Bach zu kommen. In Strumpf und Schuh lief sie direkt in das Wasser, bis es ihr zum Mieder reichte. Auf einem Felsbrocken stehend ließ sie den plätschernden Bach die Milch aus ihren Kleidern waschen. Die Gänschen ruderten überrascht im Kreis um sie herum. Sie schnatterten und drehten die Köpfchen von einer Seite auf die andere, als wollten sie sich dieses Ereignis mit beiden Augen ansehen. Ein Mädchen in dem Bach! Man stelle sich das vor! Sie knabberten an Sarahs wogendem Rock und an ihren Schuhen. „Wollt ihr wohl weggehen!", lachte sie.

Langsam wurde das Wasser um sie herum wieder klar, und Sarah drückte Rock und Schürze aus, so gut es ging. Dann lief sie am Ufer herum, kletterte auf verschiedene Bäume, schwang sich hin und her und schaukelte, bis ihre Sachen nur noch feucht waren. Da war es auch schon Zeit zu gehen. Die Gänschen wieder zu sammeln war nicht ganz so leicht, wie sie den Hügel hinunterzuführen. Sie folgten bei ihrem Schwimmen immer ein bisschen der Strömung und kamen nicht gern gegen den Strom zurück. Aber der Ruf „Piele, piele, piele" verhieß etwas anderes als Schwimmen. Er bedeutete auch Abendessen und ein warmes Bett für die Nacht. Und wenn erst

5. Linda

einmal ein Gänschen gehorchte, folgten die anderen willig aus dem Wasser. Ein schnelles Schütteln der stoppeligen Schwänze und die Wassertropfen fielen ab. Sie watschelten brav den Hügel hinauf in das Gehege und zum Futtertrog. Sie verschlangen das Futter und sahen recht zufrieden aus. Sarah schloss das Gehege für die Nacht.

Sie war gerade noch rechtzeitig, denn ihr Vater und die Jungen kamen den Fußweg herauf.

Drei Sechsspänner standen im Hof. Sarah stürzte hierhin und dorthin, um die Riemen zu lösen und die Geschirrteile beiseite zu legen, bis Vater und die Jungen sie aufhängten. Sie wusste genau, was die Pferde jetzt am liebsten wollten: sich im Gras wälzen, um ihre ermüdeten Rücken und Schultern zu entspannen, und einen langen kühlen Trunk am Wassertrog. Wenn achtzehn Pferde herumtollen und gleichzeitig ihre Hufe in der Luft schwenken, dann sollte man sich davon fern halten.

Das Abendessen gab es ziemlich spät an solchen Tagen. Und an diesem Samstagabend schlief Robbie, nachdem er den ganzen Tag hinter der Egge gelaufen war, ein, als er gerade in sein Butterbrot beißen wollte.

„Armer kleiner Kerl!", sagte Vater mitfühlend und seufzte. „So jung und muss schon so viel Verantwortung tragen!"

Aber Mutter meinte: „Eines Tages wird er damit vor seinen Enkelkindern prahlen!"

Robbie als Großvater. Ein lustiger Gedanke. Vater ließ sein Abendessen für ein Weilchen stehen. Er ging mit Robbie zum Holzschuppen, wo er die Wanne mit heißem Wasser schon fertig gemacht hatte, und half ihm beim Baden. Dann brachte er ihn die Treppe hinauf in sein Bett.

„Ich bezweifle, dass er wirklich wach geworden ist", sagte Vater, als er zu seinem Abendessen zurückkam.

An diesem Abend sangen sie leise, damit sie Robbie nicht aufweckten. Nach zwei Liedern meinte auch Stuart, er wolle lieber schlafen gehen.

Wahrscheinlich arbeitete der 17-jährige Stuart am schwersten von allen. Louise Thatcher und der Rektor der High School in Blakely halfen ihm, damit er mit dem Unterrichtsstoff mithalten konnte. Beinahe jeden zweiten Abend kam Louise herübergefahren, um Stuart Notizen zu den Aufgaben in Geschichte oder Mathematik zu bringen. Sie waren auf kleine Kärtchen geschrieben, schmal genug, dass er sie in die Westentasche seines staubigen Arbeitsanzuges stecken konnte. Abends, wenn alle anderen längst schliefen, arbeitete Stuart in seinem Zimmer.

Sarah wusste es, denn in seiner Lampe war am Samstag nie auch nur das kleinste bisschen Petroleum übrig, und sein Lampenglas war das verrußteste von allen. Er hatte rote, entzündete Augen vom Staub des Tages und vom stundenlangen Lesen und Studieren am Abend.

Jeder freute sich, wenn es wieder Sonntag war. Jeder außer Sarah. Sie hätte selbst gerne gewusst, warum sie den Sonntag fürchtete. Eigentlich hatte sie den Sonntag immer gern gehabt. Aber in diesem Frühjahr fühlte sie sich bei jeder Predigt und in der Sonntagsschule unbehaglich. Jedes Wort empfand sie wie einen ausgestreckten Zeigefinger, der auf sie zeigte, oder wie eine Stimme, die flüsterte: „Du bist gemeint, Sarah Naomi!"

Es wurde von Tag zu Tag wärmer.

„Dürfen wir barfuß gehen?", fragte Robbie eines Morgens.

„Noch nicht", sagte Mutter, „es ist noch zu frostig."

„Aber die Darnleys und die Slocums dürfen schon! Warum wir nicht?"

„Keine Diskussion bitte!", antwortete Mutter. „Ihr müsst los. Es ist nach 8 Uhr."

Weil Daisy und Beauty junge Fohlen hatten, wurde das alte Schulpferd Wally dieses Frühjahr zur Feldarbeit gebraucht. Das bedeutete, dass Robbie und Sarah zur Schule laufen mussten. An einem warmen Tag, mit Schuhen an den Füßen, waren drei Meilen ein langer Weg.

5. Linda

In der Schule standen alle Fenster und die Außentür weit offen. Das gab einen etwas unangenehmen Durchzug, aber es war nicht zu schlimm. Das Wasser in dem Steinkrug wurde lauwarm. Die Schüler mussten von den Lehrern durch die Fächer Rechnen, Sprachkunde, Lesen und Geschichte beinahe geschoben werden, und schließlich hörten sie erleichtert: „Packt die Bücher weg! Steht auf!"

Stürmisch taten sie wie geheißen und sangen: „Nun ist der Tag vorüber!" Die Schule war vorbei.

Es war so schwül, dass Robbie und Sarah auf dem Heimweg nicht nach Erzählen zumute war. Ihre Füße waren heiß, die Zungen dick und klebrig. Ihre langen Schatten schoben sich vor ihnen her. Plötzlich blieb Robbie stehen und schrie laut: „Juhu!" Er zeigte auf eine Gruppe gelber Blumen im Graben. Es waren die süßen, gelben, wilden Erbsen! Wenn sie blühten, durfte man Schuhe und Strümpfe ausziehen! Man brauchte nicht auf Extraerlaubnis zu warten. So lautete die Familienregel bei den Scotts. Lachend warfen sich Bruder und Schwester in das Gras seitlich der Straße und banden sich so schnell sie konnten ihre Schuhe auf. Die dicken Strümpfe wurden ebenfalls ausgezogen. Wohlig bewegten sie ihre weißen Zehen hin und her.

Robbie knotete seine Schuhbänder zusammen und warf die Schuhe über die Schulter.

„Puuh! Wie hältst du bloß diesen Geruch aus?", fragte Sarah.

„Ach! Mädchen sind so pingelig! Wenigstens muss ich meine Schuhe nicht so herumschwenken wie du!"

Sie liefen mit nackten Füßen die Straße entlang und freuten sich, endlich wieder Staub zwischen den Zehen zu spüren.

An diesem Tag wartete Miss Jane Bolton im Schatten des Pappelhains auf sie – nur eine halbe Meile von der Schule entfernt. Sie durften in ihrer Limousine fast den ganzen Weg nach Hause fahren. Der blanke Ledersitz war ein bisschen heiß, aber die Gummimatte fühlte sich unter ihren nackten Füßen kühl an. Durch die offenen Fenstern fächelte ein leichter Windzug herein.

„Ich habe eine Überraschung für euch", sagte Miss Bolton gleich, als sie sich gesetzt hatten. „Meine junge Nichte zieht zu mir."

„Das wissen wir!", sagte Robbie.

Miss Bolton lachte kurz. „Tatsächlich? Mich würde interessieren, was ihr wisst."

„Wir haben Verschiedenes gehört!", sagte Robbie. Das stimmte, denn in der Schule kursierten die unterschiedlichsten Gerüchte. Das Mädchen sollte zwölf Jahre alt sein – oder siebzehn? Sie wäre zu eingebildet auf irgendeine Landschule zu gehen – sie würde demnächst in Braeburn zur Schule gehen – sie könne nicht Englisch sprechen, weil sie in Indien geboren sei – oder vielleicht in Bolivien ...

„Ich kann es mir vorstellen!", sagte Miss Bolton trocken. Dann erzählte sie ihnen die Wahrheit.

Der Name des Mädchens war Linda Bolton. Sie war elf Jahre alt und in Borneo geboren, was wie ein Witz klang. Es war aber keiner. Ihre Mutter war tot, ihr Vater stand im diplomatischen Dienst, daher konnte er nicht mit ihr zusammen sein. Aber Linda, das arme Kind, hatte Kinderlähmung bekommen.

„Sie wollen sagen, sie ist gelähmt?"

Tante Jane nickte und warf Sarah einen forschenden Blick zu.

„Oh, arme Linda! Wir würden gerne ihre Freunde sein."

„Und eure Eltern hätten nichts dagegen?", fragte Tante Jane.

„Natürlich nicht! Sie würden es auch so wollen!", behauptete Sarah.

Tante Janes Gesicht bekam für einen Augenblick einen seltsamen Ausdruck.

Aber sie sagte nur: „Darüber bin ich froh!"

Linda wurde am 25. Mai erwartet. Miss Bolton fügte noch trocken hinzu: „Ihr könnt euren Mitschülern sagen, dass sie alle anscheinend besser informiert waren als ich – obwohl ich doch den

Briefwechsel mit meinem Bruder geführt habe. Bis zum heutigen Tag habe ich nicht genau gewusst, ob Linda kommen würde und wann. Nun denn, auf Wiedersehen!"

Der 25. Mai. Es war wie eine herrliche, glückliche Melodie. Linda würde kommen und Sarahs ganz besondere Freundin werden. Und vielleicht würden auch Tante Jane und Mutter noch einmal richtige Freundinnen werden.

Fast jeden Tag sah Sarah jetzt auf dem Heimweg von der Schule bei Tante Jane Bolton herein. Das große Schlafzimmer im Erdgeschoss sollte Linda gehören. Tante Jane tapezierte es gerade. Die Tapete war mit rankenden Rosen und rosa, weißen und silbernen Streifen bedruckt. Die Vorhänge waren weiß und zart, wie leichter Nebel. Fensterrahmen und Möbel wurden weiß gestrichen. Ein Volant aus Rosenstoff schmückte den Frisiertisch, und Rüschen aus dem gleichen Material umgaben das Bett, auf dem eine rosa-weiß-geblümte Quiltdecke lag.

„Es ist – es ist wunderschön! Fast so schön wie Lindas Name. Sie wird es herrlich finden und sie wird es lieben!", rief Sarah aus.

„Meinst du wirklich?", fragte Tante Jane.

„Natürlich! Sie wird nicht anders können", sagte Sarah.

Der 25. Mai fiel auf einen Montag. Tante Jane hatte Sarah gebeten, ihre Mutter zu fragen, ob sie an diesem Tag gleich nach der Schule zum Tee kommen dürfe. Mutter erlaubte es. Sarah erzählte Susan Gerrick jedoch nichts von ihren Plänen. Susan wurde immer gleich eifersüchtig, wenn Sarah Linda nur erwähnte.

Eines Sonntagnachmittags kam Herbie Gerrick wieder einmal, lehnte sich an den Pfeiler zu Kathleens Füßen, schlug sein Banjo und sang. Sarah kümmerte sich nicht viel darum. Ihretwegen mochte Kathleen in Herbie Gerrick verliebt sein. Sie konnte nur noch an morgen denken und daran, dass Linda kam.

Am Montagmorgen bat Vater Mutter, mit ihm nach Paxton zu fahren. Das war die große Stadt, über zwanzig Meilen entfernt.

„Ich kann nicht. Kathleen wird mit der Wäsche voll ausgelastet sein!", sagte Mutter. „Sie kann nicht auch noch meine Arbeiten übernehmen."

„Die Prinzessin wird ihr sicherlich helfen!", meinte Vater und zupfte Sarah an einem ihrer Zöpfe.

„Oh nein! Nicht ich!"

„Und warum nicht?", fragte Vater.

„Heute ist der 25. Mai! Nach der Schule gehe ich sofort zu Tante Jane!", erklärte Sarah. Sie überlegten hin und her, aber es gab keine andere Lösung. Vater musste unbedingt heute fahren und konnte es nicht verschieben. Er brauchte Mutter, um einige wichtige Entscheidungen zu fällen. Sarah musste zuerst nach Hause kommen, ehe sie zum Tee zu Tante Jane ging.

Das würde alles verderben. Sie hatte vorgehabt, schon bei Tante Jane zu sein, wenn Linda ankommen würde. Und wie genau hatte sie sich alles vorgestellt! Linda würde Sarah in der Vorhalle sehen, wie sie wartete. Ihr hübsches blasses Gesicht würde sich zu einem etwas traurigen und lieben Lächeln verziehen. Und von dem Augenblick an würden sie die besten Freunde sein. Sie würden einander Geheimnisse erzählen. Es würde herrlich sein. Aber jetzt war alles verdorben.

Wally, das Schulpferd, wurde auf dem Feld gebraucht und Robbie auch. Sarah würde von zu Hause die drei Meilen zur Schule und zurück laufen müssen. Danach waren die Arbeiten in Haus und Hof zu tun, und dann war es wieder eine Meile bis zu Tante Jane. Das konnte nicht gutgehen!

6. Der 25. Mai

Der 25. Mai war ein warmer Tag. Aber diesmal trödelte Sarah nicht auf dem Heimweg. Sie lief so schnell, dass ein Ofen nicht hätte heißer sein können als ihr Gesicht. Das feuchte Haar klebte an ihrer Stirn und sie keuchte wie eine Lokomotive, als sie den Hof hinauf hetzte.

Kathleen hing gerade die Wäsche draußen auf. Sarah trottete ohne ein Wort an ihr vorbei, den Weg hinauf, quer über die Veranda und knallte die Windfangtür hinter sich zu. Im Haus erwartete sie keine Abkühlung, nur Dampf und der Geruch von Seife und nasser Wäsche. In der Küche nahmen die Waschmaschine und die Spülwannen fast den ganzen Platz ein. Sarah schlängelte sich durch, um den Wassereimer zu erreichen. Sie füllte den Schöpflöffel und trank in vollen Zügen das kalte Wasser. Ein Haufen gerade getrockneter Wäsche – Laken, Hemden und andere Sachen – lag auf dem Tisch. Ein großes Stück Karton war dagegen gelehnt. „Sarah Naomi" stand in Kathleens Schrift quer darüber gekritzelt, darunter stand eine Liste, was alles zu erledigen war. Sarah seufzte beim Lesen laut.

1) Schalte die Kurbel der Windmühle ein! Fülle den Trinkwassertrog, aber so, dass er nicht überläuft!

2) Wirf fünfundzwanzig Hafergarben in den Heuschuppen! Mach es mit den Händen! Gabelzinken sind gefährlich!

3) Treibe die Kühe zusammen! Mach sie an ihren Pfosten fest.

4) Gib den Gänschen Futter und Wasser – wie gewöhnlich. Heute können sie ihren Schwimmausflug ausfallen lassen, meinst du nicht auch?

5) Gib den Hennen und ihren Jungen Futter und Wasser! Du weißt doch, wo das Futter ist? In einem Sack im Anbau.

6) Fülle die Holzkiste! Vater hat heute Morgen Kleinholz gemacht.

7) Wasch dich, räum auf und zieh dir saubere Sachen an! Eine Überraschung gibt es auch! Sie liegt auf unserem Bett. Und dann fort mit dir! Ich wünsche dir viel Freude!

Sarah hetzte die Treppe hinauf. Da lag doch tatsächlich ihr neues Schulkleid mit dem weiten Rock! Kathleen musste es heute Morgen aus dem hübschen blau bedruckten Baumwollstoff fertig genäht haben. Sarah drehte sich dreimal um die eigene Achse, ehe sie die Treppe hinab stürmte und sich an die Arbeit machte.

„Danke!", rief sie Kathleen zu, während sie zur Scheune lief.

Erstmal die Kurbel der Windmühle einschalten. Das war leicht. Aber wenn ein steifer Wind blies, war das eine verzwickte Sache. Hoch oben in der Luft begannen die metallenen Flügel augenblicklich, sich zu drehen. Sie knarrten, stellten sich dem Wind entgegen und drehten sich schneller und schneller und der erste Schwall des kalten Wassers ergoss sich in den Trog. Sarah kletterte in das Dachgeschoss und zählte fünfundzwanzig Hafergarben ab. Auch das war schnell gemacht. Sie zog die Garben über den glatten Heuboden und gab ihnen einen Schubs, dass sie herunterfielen. Zuletzt ließ sie sich selbst in den prallen Haufen fallen und kümmerte sich gar nicht um die Leiter.

Die dritte Aufgabe war die Kühe zusammenzutreiben. Manchmal waren die Kühe furchtbare Faulpelze, und Spencer fehlte, um ihnen sanft nachzuhelfen. Er packte sie leicht an den Fersen, wenn sie nicht so recht wollten. Heute war er wohl mit Robbie auf dem Feld. Und wenn sie ihn holen wollte, könnte der Trog inzwischen leicht überfließen. So nahm Sarah erst einmal das Füttern und Tränken in Angriff.

Und jetzt fingen die Dinge an, falsch zu laufen. Sarah war einfach zu sehr in Eile. Sie stieß einige Trinkschalen um und musste sie nochmals füllen. Sie verschüttete Futter und stieß schließlich ein Hühnergehege um. Die erschreckte Glucke flatterte fort und warnte ihre Küken vor einem solch gefährlichen Menschen. Sarah wünschte sich Spencer herbei! Sie lief vor die Küken mit ausgebreiteten Armen und scheuchte sie sacht zurück in ihr Gehege. Gerade waren sie wieder im Gatter, da lief der Trog fast über. Und der Wind hatte heute auch seine Tücken. Die Kurbel schlug Sarah von den Beinen, bevor sie zum Abstellen der Pumpe einschnappte.

Alles dauerte viel zu lange. Sarah drängte sich selber zur Eile und gab sich große Mühe. Jetzt war sie jedoch viel zu müde, als dass sie zu den Kühen am entfernten Ende der Weide schnell hätte laufen können. Sie mühte sich ab und fächelte sich zur Kühlung mit dem Strohhut Wind ins Gesicht. Die Kühe lagen im Schatten des Pappelhains, ihr Futter wiederkauend, und Sarah wusste, wie schwer sie sich jetzt bewegen lassen würden.

In diesem Augenblick fühlte sie eine kalte Nase an ihrer Hand. Es war Spencer! Er hatte sie vom Feld her gesehen und war gekommen, ihr zu helfen. Der gute, alte Spencer! Jetzt war alles in Ordnung. Die Kühe versuchten erst gar nicht, irgendwelchen Unsinn zu machen, wenn er da war. Es genügte ein leises „Wuff" oder ein Wedeln mit dem Schwanz! Sie erhoben sich auf ihre Füße und stöhnten dabei ein bisschen. Brindle, die Leitkuh, trottete an der Spitze nach Hause. Die anderen liefen ihr nach.

Spencer ließ nur zu, dass die Kühe in Ruhe am Trog tranken. So war es ihm beigebracht worden. Er trieb sie dabei nicht zur Eile an. Sarah trat ungeduldig von einem Fuß auf den anderen.

Die Kühe schlürften das Wasser langsam und in vollen Zügen. Schließlich ging es weiter zum Stall und an ihre jeweiligen Anpflockpfähle. Als Spencer seine Arbeit getan hatte, leckte er Sarahs Finger und lief wieder zu Robbie hinüber. Sarahs Hände zitterten, als sie die letzte Kuh anband. Es war schon so spät – nach 6 Uhr!

Ein gewagter Gedanke kam ihr, während sie das neue Kleid anzog. Hyazinthe war auf der Weide. Sie wurde kaum mehr auf den Feldern gebraucht. Sie war ein bisschen bockig, aber Sarah hatte sie schon ein- oder zweimal ohne Sattel geritten. Es war auch nicht schwierig, ihr ein Halfter anzulegen und Kathleen war im Stall beim Melken. Sie würde nichts merken.

Hyazinthe hielt von Sarahs Plan nicht viel. Auf dem Weg zu Tante Jane versuchte sie zweimal umzukehren. Schließlich machte sie eine komische Art von Seitwärtsgang, während Sarah auf ihrem Hals lag und Hyazinthes Kopf verbissen in die richtige Richtung zu drehen versuchte.

„Barmherzigkeit!", rief Tante Jane von der Veranda. Sarah glitt herunter und war froh, wieder Boden unter den Füßen zu haben. Sie band Hyazinthe am Pfosten an der Pforte fest.

„Es tut mir leid, dass ich so spät komme, Tante Jane, aber ich musste doch erst nach Hause und allerlei Arbeiten verrichten. Ist Linda gekommen?"

„Ja!" Tante Janes Stimme hatte einen sonderbaren Tonfall.

Ihr Blick glitt an Sarahs neuem Kleid herunter. Es war etwas zerknittert.

„Würdest du dich erst mal ein bisschen waschen?"

„Natürlich!", erwiderte Sarah, aber es schien ihr eine Zeitverschwendung. Sie hatte sich doch gewaschen, bevor sie von zu Hause fortgeritten war!

In dem kleinen Waschraum neben der Küche spritzte Sarah sich Wasser ins Gesicht, seifte sich schnell ab und grub ihr Gesicht in ein dickes Handtuch, das nach Blumen duftete.

6. Der 25. Mai

„Kämmst du noch dein Haar?", sagte Tante Jane in demselben eigenartigen Ton.

Sarah drehte sich um, um einen Blick in den Spiegel zu werfen. Nun gut, ihr Haar war ein bisschen durcheinander. Aber man konnte

es nicht richtig kämmen, ohne die Zöpfe aufzumachen. Sarah konnte sich selbst nicht die Zöpfe flechten – und Tante Jane bot ihr keine Hilfe an. Um aber ihrer Gastgeberin zu gefallen, kämmte Sarah sich schnell oben am Kopf. Sie war fertig!

Im Esszimmer sah sie auf dem Anrichtetisch ein Tablett mit hübschem Porzellan, belegten Broten und anderen Sachen stehen. Der Anblick hob ihre Laune augenblicklich. Das würde ein wirklich elegantes Teetrinken werden. Aber am meisten sehnte sie sich danach, Linda mit einem fröhlichen „Hallo" zu begrüßen.

Tante Jane ging aus irgendeinem Grund auf Zehenspitzen. Sarah ertappte sich dabei, dass sie es ihr gleichtat.

Und da saß Linda in dem Sessel nahe am Fenster! Oh, wie war sie hübsch! Sie hatte blonde Haare und himmelblaue Augen – gerade wie eine beste Freundin in einem Buch. Mit einem Unterschied – Lindas Augen erwiderten das Lächeln, das Sarah ihr schenkte, nicht.

„Hallo, Linda!", brach es aus Sarah hervor. „Ich bin Sarah Naomi Scott! Ich habe schon so lange auf dich gewartet!"

„Oh? Hallo!" Das und nicht mehr war die Antwort. Der kühle Gruß verschlug Sarah die Sprache. Und Tante Jane war auch keine große Hilfe.

„Ich werde euch jetzt das Abendessen servieren – das heißt, den Tee!", sagte sie und eilte davon.

„Weißt du, es ist schon spät", bemerkte Linda Bolton.

„Ich weiß. Es tut mir wirklich leid!", sagte Sarah und fühlte sich noch unwohler. Es war dasselbe Gefühl, das Sarah hatte, wenn Miss Halliday ihr zum Beispiel für einen Flüchtigkeitsfehler beim Schreiben eine Rüge erteilte. Aber Linda war kein Lehrer! Sie war nicht viel älter als Sarah und nicht einmal so groß wie sie.

„Es – es tut mir l – leid!", sagte Sarah noch einmal.

„Nun, das L – Leidtun ändert auch nichts. Es ist und bleibt spät!", gab Linda zurück.

Vielleicht hatte sie nicht beabsichtigt, Sarahs Stottern nachzumachen. Aber in Sarah schoss plötzlich eine kleine Zornesflamme hoch.

„Ich habe mich beeilt! Ich hatte viele Arbeiten zu erledigen! Und dann bin ich herüber geritten, so schnell ich konnte!"

Linda lachte ein klingendes Lachen. „Wenn du das Reiten nennen willst! Auf Borneo sind wir jeden Morgen ausgeritten, mein Papa und ich. In richtigem Reitdress, mit wunderschönen Sätteln und allem, was dazugehört! – Oh, warum musstest du mich daran erinnern! Es ist gehässig von dir!"

Sarah wollte auf die gleiche Weise antworten, aber ihr Blick fiel auf Lindas baumelnde dünne Beine, und sie hielt die Worte zurück. Gut, dass Tante Jane gerade jetzt das Tablett mit Weißbrot, Obsttorte, Windbeuteln und Kuchen hereinbrachte. Mit dem Essen hatte sie etwas zu tun und Worte waren überflüssig. Sarah bemühte sich, nicht zu viel zu essen. Dabei war sie so hungrig!

Linda nippte nur von allem und sagte, ihr wäre heute nicht nach essen zumute. Ihre Stimme klang schwach und vorwurfsvoll.

Sarah zerbrach sich den Kopf, worüber sie sprechen könnte. Sie wusste fast nichts über Borneo. Und über Pferde zu sprechen war eine zu heikle Sache. Ihre Augen schweiften langsam in dem hübschen Zimmer umher. Plötzlich entdeckte sie eine Reihe Puppen auf einem Regal in glänzenden Saris und in den hübschesten japanischen Kimonos. Die Puppen sahen wie erwachsene Damen aus, mit modischen Kleidern und Hüten und richtigen Lederschuhen.

„Oh!" Sie ließ beim Absetzen fast ihre Teetasse fallen. „Ooooh!" Sie sprang quer durch den Raum, um sich die Schönheiten näher zu besehen.

„Fass sie nicht an!", schrie Linda rau. „Du machst sie schmutzig!"

Eine entsetzte Stille entstand.

„Sarah! Liebes", sagt Tante Jane schnell, „würdest du wohl ein bisschen heißes Wasser in die Teekanne nachschütten? Es kocht auf dem Herd."

Sarah, das Mädchen von der Farm

Sarah ging mit der Teekanne in die Küche, froh aus dem Zimmer zu kommen. Sie war erschüttert, verwirrt und verletzt. Nichts lief so, wie sie es sich gedacht hatte. Aber auch gar nichts! Vielleicht war Linda müde von der Reise. Aber sie sah weder so aus, noch klang ihre Stimme müde. Vielleicht war sie einsam, erinnerte Sarah sich selbst. Es musste furchtbar sein, vom Vater getrennt zu sein und keine Mutter mehr zu haben. Sarah wusste, was ihre Mutter sagen würde, wenn sie jetzt hier wäre: „Du musst geduldig sein, mein Liebes!"

Ich werde ihr von meiner Stoffpuppe Samantha erzählen, entschied Sarah, als sie sich vorsichtig mit der vollen Teekanne Lindas Zimmer näherte. Wie angewurzelt blieb sie stehen. Sie hörte Lindas Stimme ganz deutlich.

„Schick sie fort! Ich will sie nicht sehen! Nicht heute und auch sonst niemals! Sie ist – sie ist schrecklich! Sie ist ungehobelt! Sie stinkt nach Pferden! Und – und sie kam extra auf diesem grässlichen Biest, weil sie weiß, dass ich nicht wieder reiten kann."

„Beruhige dich, Linda!", sagte Tante Jane.

„Aber es ist doch so!", rief Linda. „Ich weiß es genau. Ihre ungekämmten Haare und ihr zerknittertes Kleid! Stell dir nur vor, so zum Tee zu gehen – nachdem sie uns stundenlang hat warten lassen!"

Schneller als sie sich versah, war Sarah wieder in der Küche. Sie starrte auf ihr Spiegelbild, während sie fest auf ihren Zeigefinger biss. Auf diese Weise fühlte sie den Schmerz in ihr drinnen nicht so sehr. Einen Augenblick später wusste Sarah, was sie tun würde. Die Seitentür bot eine Möglichkeit zur Flucht. Sie öffnete sie fast geräuschlos und schloss sie sacht hinter sich. Sie duckte sich, als sie am Fenster vorbeirannte.

Leider benahm sich Hyazinthe auf dem Nachhauseweg nicht so wie erwartet. Als Sarah auf ihren Rücken kletterte, begann sie sich wie wild aufzuführen – sie bäumte sich auf und schnaubte. Wo der Weg in die Straße mündete, glitt Sarah vom Rücken der Stute. Sie stand hilflos mitten auf der staubigen Straße, die

Halfterleine in den Händen, während Hyazinthe immerfort um sie herumtänzelte.

„Bitte, bitte, Hyazinthe!", bettelte sie.

Sarah zitterte, und ihre Augen sahen nur noch verschwommen vor Hitze und unvergossenen Tränen. Plötzlich sah sie jemanden quer über das Feld rennen, über den Zaun springen, und im nächsten Augenblick schloss eine kräftige Hand die ihre ein.

„Benimm dich, Hyazinthe!", befahl eine feste Männerstimme. Es war Herbie Gerrick!

Er fuhr Hyazinthe an und band sie an den nächsten Telefonmast. Sollte sie doch hier ihre wilden Tricks ausprobieren!

Dann zog Herbie Sarah neben sich auf einen Gatterpfosten.

„Schon gut jetzt!", er klopfte auf ihre Schulter. „Nun bist du sicher! Weine ruhig, wenn du willst. Ich werde es auch niemandem erzählen!"

„Ich kann nicht!", flüsterte Sarah, immer noch am ganzen Leibe zitternd.

„Erzähl mir, was hier los war! Das hilft vielleicht!"

Sarah erzählte ihm von dem aufregenden Tag, der durchaus nicht großartig gewesen war. Wie sie von der Schule nach Hause geeilt war und zuhause ihre Arbeiten verrichtet hatte, und dass sie geritten war, weil es so eilig war. Sie erzählte, wie hübsch Linda wäre und von den schönen Puppen und den Windbeuteln.

„Aber ich verstehe dich nicht", begann Herbie verwirrt. „Wenn deine neue Freundin so hübsch und alles so prima ist – was ist daran schlimm?"

„Sie – sie will mich nie wiedersehen. Ich rieche nach Pferden, sagt sie, und ich sei schrecklich. Sie lacht über mein Reiten. Herbie, was meint sie, wenn sie sagt, ich sei ungehobelt?"

„Hat sie das Wort gebraucht?", fragte Herbie.

Sarah nickte.

„Du sollst ungehobelt sein? Nun, ich hätte Lust, geradewegs zu diesem jungen Fräulein Hochmütig zu marschieren und ihr zu sagen, wer hier ungehobelt ist. Für zwei Cents würde ich es sofort tun. Das ist doch allerhand, einem Gast so etwas zu sagen!"

Sarah lächelte schwach und lehnte ihren Kopf gegen seine staubigen Hemdsärmel. Es war ein wundervolles Gefühl, dass er so für sie einzustehen bereit war.

„Ich habe keine zwei Cents. Aber Herbie, heirate du ruhig Kathleen, wenn du möchtest."

„Danke Sarah!", sagte er ernst. „Vielen Dank!"

7. Das Picknick im Juni

Die Scotts saßen um den Abendbrottisch, als Sarah leise hereinkam. Ihr Blick glitt von einem zum andern und blieb bei Vater haften.

„Nun", sagte er ernst. „Da bist du also wieder – und noch ganz, wie ich sehe!"

Sie nickte, aber sie war sich nicht sicher, ob sie wirklich noch ganz war. Innen drin fühlte sie sich in tausend Stücke zerbrochen.

„Wo ist Hyazinthe?", fragte er.

„Auf der Weide, Vater!"

„Und was hast du über dich selbst zu berichten, mein Fräulein?"

„Wegen – wegen Hyazinthe?"

„Warum hast du sie ohne Erlaubnis genommen?"

„Ich – ich bin sie schon geritten – manchmal!", stotterte sie. „Und du hast es gesehen und mir nie gesagt, dass ich es nicht tun dürfte. Und ..."

„Gut, höre jetzt aufmerksam zu, weil ich dir etwas zu sagen habe!"

Aber Mutter unterbrach ihn. „Sarah, komm hierher zu mir!"

Sie kam näher und sah niemanden an. Mutters Arm legte sich um sie.

„Was ist geschehen? Irgendetwas ist vorgefallen. Du warst doch bei Linda. Wie ist sie?"

Sarah starrte auf das geblümte Wachstuch auf dem Tisch.

„Sie hat blonde Haare und blaue Augen. Geradeso wie in einem Märchenbuch. Und ..." ihre Stimme verlor sich. Sie hatte Herbie von Lindas bösen Worten erzählt, aber irgendwie konnte sie es vor Mutter und den anderen nicht wiederholen.

„Und?", forderte Mutter auf.

„Ich – ich bin müde. Darf ich ins Bett gehen?", fragte Sarah.

„Aber wasch dich erst tüchtig – und vergiss nicht zu beten!", erinnerte Mutter.

Sarah vergaß es nicht. Aber trotzdem betete sie an diesem Abend nicht. Wozu? Sie hatte immer wieder für eine besondere Freundin gebetet. Und Linda war gekommen. Aber Linda hatte diese fürchterlichen Worte über sie gesagt. Quälend klangen die Worte in Sarahs Innerem nach: „Sie ist schrecklich! Sie ist ungehobelt! Ich will sie nicht sehen, nie wieder. Sie riecht nach Pferden!" – Sarah rollte sich in ihrem Bett auf die andere Seite und presste das Kopfkissen gegen die Ohren, um die Worte nicht mehr zu hören. Es half nichts.

„Noch nicht eingeschlafen?", fragte Kathleen, als sie ins Zimmer kam. „Schau mich mal an, Kleines. Was ist denn bei Miss Bolton geschehen? Kannst du es mir nicht erzählen?"

Ein leichtes Kopfschütteln war die einzige Antwort.

„Soll ich Mutter rufen? Du solltest mit jemandem sprechen!", meinte Kathleen.

„Hab ich schon!", antwortete Sarah.

„Mit wem?"

„Mit Herbie! Er hat mich nach Hause gebracht, in dem Flitzer – bis zum Tor. Und er brachte Hyazinthe wieder auf die Weide. Sie war so garstig, Kathleen. Ich konnte nicht mit ihr fertig werden. Herbie kam vom Feld herbeigerannt. Er ließ sein Gespann stehen und kam mir zu Hilfe. Er ist nett, Kathleen!"

7. Das Picknick im Juni

„Soso!", sagte Kathleen sanft und lachte ein bisschen. „Dann magst du ihn jetzt?"

„Und ich habe ihm gesagt, er könne dich heiraten, wenn er möchte."

„Das hast du hoffentlich nicht wirklich gesagt!" Kathleens Stimme klang schockiert und doch freudig überrascht und ein bisschen besorgt. „Oh, Sarah, wie konntest du nur!"

„Ganz einfach! Ich habe es gesagt."

Kathleen hatte sich über sie gelehnt, um ihre Wange zu streicheln. Aber ihre Hand schnellte zurück. „Kind, du bist ja ganz heiß!"

Auf Zehenspitzen ging sie zur Tür. „Ich bin gleich wieder da, Küken!"

Sarah hatte angefangen zu frösteln. Komisch, ihr Körper schien sich nicht entscheiden zu können, ob es zu heiß oder zu kalt war. Ihr Kopf schmerzte und in ihrer Brust war ein Eisklumpen, groß wie zwei Fäuste. Sie zitterte vor Kälte, aber ihr Gesicht war heiß wie eine Ofenplatte. Kathleen kam auf Zehenspitzen zurück. Die ganze übrige Familie schlief jetzt. Vorsichtig fuhr Kathleen mit einem kühlen, feuchten Tuch über Sarahs Gesicht. Plötzlich fing der Eisklumpen an zu schmelzen, und Sarah lag in Kathleens Armen. Kathleen lauschte geduldig der Geschichte der schluchzenden Sarah und redete ihr liebevoll zu.

„Du bist nett!", flüsterte Sarah zum Schluss, und mit einem Seufzer schlief sie ein.

Kathleen musste es den anderen erzählt haben. Einige Tage lang erwähnte keiner den so sehnsüchtig erwarteten 25. Mai, noch schalt einer, dass sie Hyazinthe genommen hatte. Wenn Sarah allein zur Schule ging, lief sie einen Umweg nach Westen, ehe sie sich nach Süden wandte. Auf diesem Weg musste sie nicht bei Tante Jane vorbei. Zu Hause spielte sie mit Ginger und Spencer, trieb die Kühe zusammen, sammelte die Eier ein und führte die Gänschen zu ihrem täglichen Schwimmen im Bach. Sie wurden größer und frecher und sahen jeden Tag unordentlicher aus. Sie brauchten die Bäder.

Die Zeit verging und es wurde Juni. Der dottergelbe Löwenzahn und die Butterblumen leuchteten im Gras am Wegrand, und Tausende von Rosen blühten in den Hecken. Auf dem Schulweg fanden Sarah und Robbie das Nest einer Feldlerche – es war eine herrliche Zeit!

Aber Mutter machte sich Gedanken. Eines Tages kam sie und setzte sich neben Sarah auf die Verandastufen.

„Willst du nicht heute wieder einen Besuch bei Linda machen?", fragte sie.

„Nein danke, Mutter!"

„Ich backe einen Kuchen, und du darfst mir beim Verzieren helfen, und …"

„Nein, danke – das ändert auch nichts." Sarah fuhr fort, Spencers Ohren zu kraulen und blinzelte hinüber zum Teich, in dem geschätzte 500 Frösche quakten.

„Warum denn nicht, Liebes?", fragte Mutter.

Langsam und bestimmt sagte Sarah: „Ich hasse Linda Bolton!"

„Oh, Liebling! Armes Schäfchen!", rief Mutter aus.

„Linda?", rief Sarah spöttisch. „Sie ist nicht arm! Du solltest ihre Puppen und Bücher sehen – alles sehr schick in Seide, mit Federn und Spitzen."

„Ich habe nicht Linda gemeint", sagte Mutter ruhig. Ihre Ruhe ging Sarah durch und durch.

„Sie tut mir leid, und du solltest auch Mitleid mit ihr haben. Ich bin sicher, tief im Herzen fühlst du es. Stell dir vor, wie es sein muss, wenn man nicht rennen, nicht auf die Bäume klettern oder reiten kann …"

„Das nennst du reiten?" – hörte Sarah in Gedanken erneut Linda fragen. *Es geschieht ihr recht, dass sie nicht laufen kann*, dachte Sarah stur, *geschieht ihr genau recht!*

Mutter sprach weiter: „Es tut mir sehr, sehr leid für mein kleines Mädchen. Hass in sich zu tragen, ist so eine traurige, nutzlose und schädliche Sache. Und dem, der hasst, schadet es am meisten."

7. Das Picknick im Juni

Sarah schwieg. Aber Spencer merkte, dass etwas nicht in Ordnung war. Er fühlte wohl die Traurigkeit durch die Hände, die seinen Kopf streichelten. Er leckte Sarahs Gesicht und drängte sich nahe an sie.

In den nächsten Tagen versuchte Sarah, sich zum ungefähr 47. Mal einzureden, dass alles genauso sei wie immer: der Wind in den Gräsern, die ziehenden Wolkenschatten, der Ruf der Goldamsel und das Zwitschern des Zaunkönigs. Wenn sie in dem alten Wagen zur Schule ratterte oder in der Pause im Schulhof Softball spielte, wenn sie bei weit geöffneten Fenstern für die Prüfungen lernte und der Wind mit den Papierseiten raschelte – das alles war Juni.

Juni war Prüfungszeit; und danach kam der Picknicktag.

„Morgen ist unser Picknicktag, Picknicktag, Picknicktag", sang Sarah, während sie sich an den Küchentisch lehnte und an einem heißen knusprigen Doughnut knabberte.

Mutter backte eine Menge davon für morgen. Und Kathleen glasierte derweil einen Kuchen. Sarah streckte ihren angebissenen Doughnut hin und Kathleen kleckste etwas Zuckerguss darauf. Sarah kaute vergnügt und dachte an ihr neues Kleid, das sie zum Picknick anziehen würde.

„Es wird regnen!", prophezeite Vater.

„Oh nein!", jammerte Sarah. „Das darfst du nicht sagen, Vater!"

„Davon, dass ich es sage, wird es sowieso nicht regnen, aber der Himmel sieht bedrohlich aus."

Und Vater behielt Recht. Als Sarah am nächsten Morgen aufwachte, hörte sie den Regen auf das Dach prasseln. Sie warf einen missmutigen Blick aus dem Fenster und vergrub sich wieder unter ihrer Decke.

„Steh auf, Schlafmütze!", rief Kathleen. „Hast du etwa vergessen? Heute ist Picknicktag!"

„Es regnet aber!", sagte Sarah mürrisch.

„Regen vor sieben Uhr hört vor elf wieder auf", tröstete Kathleen. „Erinnerst du dich nicht? An Picknicktagen hatten wir normalerweise immer vormittags Regen."

Sarah setzte sich gerade im Bett auf. Das war doch die Wahrheit! Letztes Jahr und das Jahr davor hatte es am Vormittag geregnet. Jetzt beeilte sie sich. Sie und Robbie mussten heute Morgen zur Schule, ganz gleich, ob es regnete oder nicht. Miss Halliday würde die Prüfungsergebnisse aushändigen. Oh, sie hoffte, dass sie bestanden hatte. Außerdem war heute noch die Generalprobe für das Picknickprogramm. Sarah würde in einem Anspiel den Geist des Wissens darstellen. Wenn nur der Himmel sich aufklärte!

Den größten Teil des Vormittags gab es Regenschauer. In der Pause standen die Schüler von Braeburn verloren da und starrten zum Himmel, als ob ihr vereintes Hinaufstarren Löcher in die dichten Wolken reißen könnte. Die Glocke rief zur letzten Schulstunde. Mit düsteren Mienen nahmen sie ihre Plätze ein.

„Seht mal ein bisschen freundlicher drein!", riet Miss Halliday. „Wenn es weiterregnen sollte, werden wir die Party direkt in der Schule machen, hat der Vorstand entschieden. Ein Picknick im Hause!"

Die Schüler sahen ihre Lehrerin mitleidig an. Es musste scheußlich sein, erwachsen zu sein, wenn das bedeutete, dass man eine Feier in einem gewöhnlichen, langweiligen Klassenraum für genauso reizvoll erachtete wie ein Picknick.

Durch die Prüfungsergebnisse wandten sich ihre Gedanken anderen Nöten – oder Freuden zu. Die meisten von ihnen hatten es geschafft. Sarah war im Fach Erdkunde mit knapper Not davongekommen. Sie konnte sich einfach nie merken, welche Länder welche Waren in andere Länder ausführten. In den übrigen Fächern, außer in Rechtschreibung, hatte sie über 80 Punkte erzielt. Rechtschreibung – obwohl, 65 Punkte waren schon eine feine Sache für Sarah Naomi Scott.

In diesem Augenblick brach der erste noch etwas wässrige Sonnenstrahl durch die Wolkenfetzen. Die Gesichter der Schüler strahlten mit der durchbrechenden Sonne um die Wette. Die letzte Probe für das Picknickprogramm war eine vergnügliche Sache. Robbie spielte den Landstreicher in einem ulkigen Zwiegespräch. Und das machte er richtig gut.

Nachdem sie ihre Mittagsbrote verschlungen hatten, machten sich alle auf den Weg zum Picknickplatz. Er lag auf einer Wiese, ungefähr eine Meile westlich von der Schule. Durch Wind und Sonne trocknete das Gras schnell. Die Pappelgruppen warfen Schatten und eine Fahne am Mast wehte stolz. Eine Holzbühne war für die Spieler angefertigt worden und Holzbänke für die Zuschauer. Für das Essen gab es lange Picknicktische. Mütter und große Schwestern kamen und brachten volle Eimer, Schüsseln und Grillgeräte. Es war besser, wenn man nicht zu früh zu den Tischen ging. Man wurde nur hungrig und musste doch eine ganze Weile warten, bevor der richtige Schmaus beginnen konnte.

Interessant waren bereits die Vorbereitungen. Vater, Mr. Thatcher und Mr. Siddons fungierten als Eismänner. Die Mütter hatten vorher den guten Rahm vom Bauernhof, Milch, Eier, Zucker und Vanille zusammengerührt. Nun füllten die Männer große Beutel mit Eisbrocken und zerstampften sie zu kleinen Stückchen. Dann knarrten die Gefriermaschinen, während die Männer im Schatten hockten und die Kurbeln drehten. Zwischendurch hielten sie an und probierten das Eis, und dann ging das Drehen weiter.

Es kamen immer mehr Leute. Die meisten in Autos, einige aber im Einspänner und einer sogar in einem Fuhrwerk. Die Braeburn-Picknicks waren beliebt. Die Besucher kamen meilenweit aus der Umgebung, obwohl sie nicht zu diesem Bezirk gehörten. Natürlich waren alle Leute von Braeburn da – außer Tante Jane und Linda. *Und niemand vermisst sie,* dachte Sarah, mit einem sonderbaren Anflug von Mitleid.

Hinterher sagten alle, das Programm sei wirklich wundervoll gewesen. Die älteren Mädchen, die jetzt die Schule verließen, sangen ein etwas trauriges, schönes Lied über ihre Schulzeit, die nun vorbei

Sarah, das Mädchen von der Farm

war, und baten jeden um einen freundlichen Abschiedsgruß. „Der Geist des Wissens" machte seine Sache auch recht gut. Es war nicht Sarahs Fehler, dass der Wind ihr weites, loses Obergewand aus Mulltuch mitten in ihrer längsten Rede gerade auf ihren Mund wehte. Aber den Leuten gefiel es, und sie lachten fast so

sehr wie bei Robbie. Sarah war das gleichgültig. Alle klatschten nach ihrem Auftritt.

Dann kamen die Wettspiele, die jeden tüchtig hungrig machten: Dreibeinlauf, Sackhüpfen, Schubkarrenrennen. Beim Nadeleinfädel-Wettkampf mussten die Männer mit Nadeln zu den Damen rennen. Diese fädelten den Faden ein und die Männer mussten dann wieder zurücklaufen. Herbie und Kathleen gewannen, und jeder klatschte und freute sich.

Als es Zeit zum Essen wurde, durften die Braeburn-Schüler als erste zu den Tischen gehen, denn es war ihr besonderer Tag.

Schwester Hammond lehnte sich zu Sarah hinüber, als sie eine neue Platte mit Sarahs Lieblingsbroten – Lachs und Salat – auf den Tisch stellte. „Mein Mann und ich haben neulich bei Miss Jane Bolton und ihrer Nichte hereingesehen. Es kann einem ja so leid tun, wie das Mädchen den ganzen Tag still sitzen muss. Du bist immer so in Bewegung, da kann ich mir vorstellen, dass du mit ihr besonders Mitleid hast. Miss Bolton erzählte mir, du wärest am Tag von Lindas Ankunft dagewesen. Das hast du dir nett überlegt. – Ja, Mrs. Thatcher. Ich habe Linda gesehen. Sie wirkt sehr geduldig. Ein damenhaftes und reifes Mädchen ist sie, mit gutem Benehmen. Magst du einen Sandwich, Sarah, Liebes?"

„N-nein, danke, ich nehme lieber keinen!", murmelte Sarah.

„Vielleicht nochmal Eiscreme?"

„Nein, danke! Ich glaube, ich habe genug gegessen!"

Es war gut, dass die andern auch Schluss machten. Jemand rief zum Ballspiel und Sarah konnte entwischen.

Weil Johnny Siddons sich das Handgelenk ausgekugelt hatte, war Sarah Fänger an seiner Stelle. Die Braeburn-Schüler spielten gegen die Gäste. Robbie machte den Aufschlag für die Schule. Stuart für die anderen. Das war nicht fair. So konnte Sarah sich nicht entscheiden, welche Mannschaft sie anfeuern sollte.

Die Zuschauer saßen im Gras, beobachteten das Spiel und plauderten miteinander. Väter, Mütter, Kleinkinder, einfach alle.

Sarah dagegen war etwas einsam. Aber einen guten Moment gab es, als sie geschickt einen weit fliegenden Ball auffing – und ihn kräftig zu Robbie hinüber warf. Alle Stationen waren besetzt. – Eins, zwei, drei – und aus. Das Spiel lief gut für Braeburn!

Sarah grinste im Vorbeilaufen Stuart an. Er schüttelte seinen Kopf. „Du bist zu clever, Schwesterchen. Jetzt will ich es dir dafür aber umso schwerer machen. Pass auf!"

Braeburn gewann trotzdem 13 zu 11, und die Gäste forderten die Schule zu einer Revanche heraus.

Die Zeit für all die Arbeiten daheim rückte näher. Man begann zu packen und machte sich auf den Weg nach Hause.

Für dieses Jahr war die Schule vorbei.

8. Der 1. Juli

Am Tag nach dem Braeburn-Picknick wunderte Sarah sich, was mit Kathleen los war. Sie schien so kribbelig zu sein, nicht gerade herrisch, aber irgendwie verändert.

Es war ein arbeitsreicher Tag auf dem Hof der Scotts, denn morgen war der 1. Juli, der Nationalfeiertag Kanadas. An diesem Tag ging die ganze Scott-Familie immer zum Fischen. Jemand anderes übernahm das Melken für sie. Die Scotts konnten nicht solange warten. Wenn im Osten der Himmel kaum vom Licht berührt wurde, waren sie schon aus den Betten. Ehe die Sonne über den Birken der Heathes aufging, brachen sie auf, denn eine 30-Meilen-Fahrt im Pferdewagen ist ganz schön weit. Da muss man früh losfahren.

Susan Gerrick fand es schrecklich langweilig, einen solch langen Weg mit dem Zweispänner zu fahren – vor allem, wenn es nur um ein Picknick ging. Aber Mutter hatte Sarah erklärt, man führe nicht nur zu einem Familienausflug, sondern zu *dem* Ausflug des Jahres. Zudem begänne das Picknick in dem Augenblick, wo sich jeder im Wagen zurechtsetzte und Vater oder Stuart die Zügel hielten, bereit, Prince und Captain in Bewegung zu bringen.

Vielleicht begann es sogar noch früher, dachte Sarah. Bereits jetzt beim Zusammenpacken der Picknicksachen in einen großen

Pappkarton. Salz und Mehl, Speck und Eier, Blechteller und -tassen, alte Messer, Gabeln und Löffel – Mutter steckte noch die große Bratpfanne mit dem langen Griff in einen Leinenbeutel und das alte Waffeleisen in einen anderen. Heiße Waffeln würde es am Strand des Seetaucher-Sees geben, der so silbriges Wasser hatte und einen rosigen Dunst darüber. Vielleicht würden sie auch diesmal die Seetaucher ihr zitterndes Gelächter über den See schicken hören. Nichts konnte schöner sein.

Nach dem Frühstück würde es dann mit dem Ruderboot hinausgehen. Man musste sich ruhig verhalten und durfte nicht sprechen. Es war, als würde man in den Dunst des Sees gleiten. Vielleicht würden sie mit vielen Fischen zum Strand zurückkommen, diese über dem Feuer braten, zusammen sitzen und erzählen und einfach nur das Beisammensein als Familie genießen.

Manchmal dachte Sarah an Keith und hätte gern gewusst, wo er war. Dachte er je an die Angelpicknicks der Familie? Hatten wir diese Ausflüge schon unternommen, als er noch zu Hause lebte? Die Scotts feierten Jahr für Jahr dieselben Feste. Darum war es so schön, zu dieser Familie zu gehören.

Die Gerricks hatten zwar ein Auto, aber sie machten nie einen richtigen Ausflug. Sie sagten, dafür hätten sie keine Zeit. Sarah war glücklich, dass sie eine Scott und nicht eine Gerrick war. Sie war jedoch zu höflich, von diesen Gedanken Herbie gegenüber etwas verlauten zu lassen, als er an diesem Abend hereinschaute. Aus irgendeinem Grund sah Herbie auch etwas nervös aus. Er aß mit der Familie zu Abend, aber er sprach fast gar nicht. Und Kathleen war auch nicht viel besser. Sarah sah aufmerksam nach, ob jeder alles hatte, was er brauchte. Wollte Vater noch Kaffee? Nein? Hatte Stuart weitere Wünsche?

Stuart und Robbie grinsten. Robbie stieß Stuart heimlich mit dem Ellenbogen an – das war doch kein Benehmen bei Tisch! Dann grinsten sie wieder über das ganze Gesicht. Mutter schüttelte den

Kopf und sah zu ihnen hin, aber selbst Vater hatte ein geheimnisvolles Lächeln auf dem Gesicht. Herbie war sehr ernst und wurde nur etwas röter im Gesicht. Keiner benahm sich normal. Was war nur los mit allen?

Nach dem Abendessen gingen Herbie und Kathleen sofort in das Wohnzimmer. Vielleicht wollten sie etwas singen? Vater und Mutter gingen auch dorthin, aber als Sarah ihnen folgen wollte, flüsterte Vater: „Nicht jetzt, Prinzessin!" Und er machte ihr die Tür vor der Nase zu.

Sarah starrte auf den Tisch mit all dem schmutzigen Geschirr. Sollte sie das alles allein aufräumen?

„Beeil dich, kleines Ding!", sagte Stuart ein bisschen großspurig. „Wenn du alles in zehn Minuten abgewaschen hast, werde ich es abtrocknen. Robbie, du kannst auch ein bisschen helfen!"

„Oh, danke, Stuart", seufzte Sarah erleichtert. Es war lustig, mit Stuart Geschirr zu waschen, denn normalerweise war er immer zu Scherzen aufgelegt.

Heute meinte er aber nur: „Ich möchte in der Nähe sein, um Herbie und Kathleen zu sehen, wenn sie aus dem Zimmer da herauskommen."

„Warum?", fragte Sarah.

Die Jungen fingen an laut zu johlen und nannten sie Fräulein Einfalt.

„Sie sind verlobt! Darum!", sagte Stuart. „Muss irgendwann nach dem Picknick geschehen sein, nehme ich an. Und nun fragt Herbie Vater und Mutter, ob sie damit einverstanden sind, und sie machen Hochzeitspläne und all solche Sachen."

„Du meine Güte!", entfuhr es Sarah. „Aber ich wusste es schon! Und ich habe Herbie gesagt, er könne Kathleen heiraten, wenn er wolle."

„Das hast du nicht getan!", rief Robbie.

„Habe ich sehr wohl!", widersprach Sarah stolz.

„Wann? Erzähl mir, wann das war!", forderte Robbie.

Aber Sarah hielt ihren Mund. Sie würde nicht von dem besonderen 25. Mai erzählen, selbst, wenn die Brüder glaubten, sie hätte geflunkert.

Kathleen war verlobt! Das hieß, eines Tages würde sie Mrs. Herbie Gerrick sein. Und Gerricks hielten nichts von Ausflügen. Vielleicht würde sie nie mehr Zeit für ein Familienpicknick haben. Arme Kathleen!

Es war ein eigenartiger Abend. Als die Wohnzimmertür sich öffnete, gab es überall neckendes Gelächter. Herbies Gesicht war so rot wie immer, aber er lachte und strahlte am meisten. Er lief hinaus zu seinem Auto und brachte eine 5-Pfund-Dose mit Bonbons für Kathleen. Sie war mit einer riesigen roten Seidenschleife zugebunden. Dann gab er Sarah eine kleinere Schachtel mit einem blauen Band. Ein ganzes Pfund Schokolade!

„Wofür denn?", platzte Sarah heraus und konnte ihr Glück kaum fassen. Kathleen umarmte sie lachend und küsste sie.

„Herbie behauptet, er hätte niemals den Mut gehabt, um meine Hand anzuhalten, wenn du ihm nicht Mut zugesprochen hättest." Dann flüsterte sie: „Du magst ihn jetzt wirklich, nicht wahr?"

Sarah nickte zustimmend: „Aber nicht wegen der Süßigkeiten!", flüsterte sie zurück. „Er ist einfach nett!"

„Ich weiß!", Kathleen drückte fest ihre Hand.

Später hatte Mutter eine Idee: „Soll ich Susan fragen, ob sie morgen mit uns kommen möchte?"

„Oh, nein!"

„Warum, Sarah? Du überraschst mich. Susan ist doch deine Freundin, oder nicht? Warum willst du nicht, dass sie mitkommt?"

„Sie will immer flüstern, und das kitzelt!", sagte Sarah.

Es hörte sich ein bisschen albern an, aber Sarah stellte sich vor, wie Susan neben ihr auf dem Sand sitzen würde; sie beide allein, nur die Möwen in der Nähe. Und trotzdem würde Susan flüstern. Der Hauptgrund aber war, dass Sarah mit ihren Brüdern und dem

Vater im Boot fahren wollte, wie jedes Jahr. Wenn Susan käme, müsste sie mit ihr den größten Teil des Tages Kleine-Mädchen-Spiele spielen.

In diesem Jahr gab es eine Veränderung. Kathleen blieb zu Hause, um die Kühe zu melken. Sie und Herbie versprachen, in dem kleinen Flitzer nachzukommen und pünktlich zum Frühstück zu erscheinen. Das sollten sie auch lieber, denn sie würden eine Menge Essen mitbringen – Butter, Milch und andere Sachen, die kühl gehalten werden mussten.

Die Ausflüge begannen jedes Mal sehr ruhig. Die Hufen von Prince und Captain schlugen in beruhigendem Takt auf die feuchte lockere Straße. Sehr bald bogen sie von der Hauptstraße ab und folgten einem grasbewachsenen Pfad, der an beiden Seiten mit Büschen gesäumt war. Sarah lehnte sich zurück und beobachtete die rosa und goldenen Sonnenstrahlen, die von Wolke zu Wolke sprangen. Sie nahm das Erwachen des Tages ganz bewusst wahr. Vögel hüpften von Ast zu Ast bis in die Spitzen der Bäume. Sie streckten und spreizten ihre Flügel und schüttelten alle Schläfrigkeit aus den Federn. Dazu sangen sie mit Inbrunst ihr schönstes Lied der Sonne entgegen. Lächelnd zog Vater seine Kappe vor ihnen:

„Dank sei euch, gefiedertes Volk, dass ihr uns erinnert!", rief er aus. „Es ist Zeit für uns Scotts, auch ein Lied anzustimmen!"

Sie sangen: „Oh du, an dessen Gegenwart sich meine Seele freut" und „Schönster Herr Jesu". Danach „Gott ist die Liebe, seine Gnade strahlt auf allen Pfaden, die wir wandeln." Dieses Lied hatte eine lebhafte Melodie, und Sarah mochte es besonders gern. Sie kamen an der Stelle vorbei, wo vor einem Jahr ein Waldbrand gewütet hatte. Alles war schwarz gewesen. Jetzt war die hässliche Wunde über und über mit hübschen lila Weidenröschen zugewuchert. Vater sagte, es erinnere ihn daran, dass Gottes Gnade etwas Wunderschönes aus dem Leben eines Sünders machen konnte. Und Mutter begann zu singen „Herrliche Gnade unseres liebenden Herrn". Ein felsiger

Hügel, an dem sie vorbeifuhren, sah aus wie eine Burg und erinnerte Vater an das Lied „Ein feste Burg ist unser Gott".

Gerade als es nach den Hügeln hinunter zum See ging, hupte es hinter ihnen. Prince und Captain waren so erschrocken, dass sie seitwärts sprangen, heraus aus der Fahrrinne des Weges, den sie befuhren. Herbie und Kathleen brausten lachend und winkend vorbei.

„Dieser junge Mann sollte sich lieber nur auf sein Fahren konzentrieren!", sagte Vater. „Er hat wertvolle Ladung an Bord."

Sarah saß zwischen ihren Eltern. Sie hörte, wie Vater zu Mutter sagte: „Nun, Mutter?", und damit meinte er eigentlich: „Wie denkst du über ihre Verlobung? Werden sie glücklich? Wird er gut zu ihr sein?"

Mutter sagte sanft: „Ich habe keine größere Freude als zu hören, dass meine Kinder in der Wahrheit bleiben wollen. Dies ist mein größter Wunsch für sie, nicht Bequemlichkeit, Reichtümer, selbst Glück nicht – oder was wir Menschen als Glück betrachten. Ich wünschte mir, dass alle meine Kinder sich entscheiden würden, Gott von ganzem Herzen zu dienen!"

„Amen!", sagte Vater. Seine Stimme klang tief und feierlich wie in der Kirche. Sarah lief ein Schauer den Rücken hinunter. In diesem Augenblick fielen die Pferde in einen tüchtigen Trab, und die Wagenräder wirbelten um die letzte Biegung. Da war der Strand mit den rollenden Wellen und das Haus des Bootsbesitzers, hoch auf einem Hügel gelegen. Dort war Herbies Auto, und er selbst machte bereits ein Feuer in der Nähe. Kathleen rührte den Waffelteig. Ein herrlicher Picknicktag lag vor ihnen!

Es war ein langer, fauler Tag für alle. Zu Hause hatten Vater und Mutter immer viel Arbeit. Sie heute einfach dasitzen zu sehen, war ein wenig seltsam, aber schön. Sie durchstreiften die Gegend, fuhren in dem Ruderboot, wanderten barfuß über den Sand und suchten nach Muscheln oder bauten Sandburgen. Gegen Mittag meinte Vater, die Waffeln seien nur noch eine wohlriechende Erinnerung, aber er habe reichlich Platz für gebackenen Schinken, Kartoffelsalat, eingelegte Gurken und Torte. Zum Abendbrot aßen sie dann knusprig gebratenen Fisch, den sie selbst gefangen hatten.

„Wir wollen den ganzen Tag genießen!", sagte Vater, als Mutter überlegte, ob sie dieses Jahr nicht ein bisschen früher nach Hause aufbrechen sollten.

Langsam ging die Sonne unter, und alle machten sich zu einer letzten Bootsfahrt fertig. Zu Ehren des Geburtstages Kanadas sangen sie „O Kanada!" und „Das Ahornblatt für immer!"

Sarah fand, dass es nichts Schöneres gibt, als auf einem stillen See zu singen, wenn gerade die Sonne hinter den Fichten untergeht. Am Strand machten sie dann ein Lagerfeuer, und wie immer hielt Vater eine Andacht. Er las aus dem Hebräerbrief von Abraham, der ein Land und eine Stadt suchte mit Grundfesten, deren Erbauer und Schöpfer Gott ist. Mutter schlug vor „ Meine Heimat ist der Himmel" zu singen. Und das taten sie auch.

In der sanften Dämmerungsstille fuhren sie schweigend nach Hause. Sarah hätte gern gewusst, warum sie sich oft traurig fühlte, wenn sie gerade am glücklichsten war. Auf dem Nachhauseweg saß sie wieder zwischen den Eltern. Diese dachten, Sarah sei eingeschlafen. Mutter zog die grobe Wolldecke hervor und deckte sie gut zu. Mit gedämpften Stimmen unterhielten sie sich.

Aber Sarah wurde mit dem Nachdenken nicht fertig.

Etwas Beunruhigendes war heute nach dem Abendessen geschehen, als Stuart und Robbie zu einer letzten Bootsfahrt draußen auf dem See waren. Vater und Herbie hatten Mutter und Kathleen geholfen, das Geschirr zu spülen, die Sachen zu packen, den Platz aufzuräumen, und hatten dabei miteinander gesprochen. Sarah hatte sich in einer kleinen Mulde am Feuer zusammengerollt und hatte alles mit angehört. Sie konnte gar nicht anders und die Erwachsenen schien es nicht zu kümmern, ob sie es mitanhörte oder nicht. Es waren außerdem keine Geheimnisse erörtert worden. Sie hatten darüber gesprochen, dass ein Evangelist aus dem fernen Schottland zur Braeburn-Kirche kommen sollte. Bruder Murchison nannten sie ihn. Sarah war sich nicht sicher, ob sie wusste, was ein Evangelist war. Warum aber schlug ihr Herz so eigenartig?

Es sollten Versammlungen stattfinden. Herbie und Kathleen waren Gemeindeglieder, aber sie schienen nicht so glücklich über das Kommen von Bruder Murchison zu sein wie Vater und Mutter. Herbie gab zu bedenken, Juli sei nicht gerade eine passende Zeit, denn das Heu müsse dringend eingebracht werden. Sie müssten die Arbeitspferde früh genug vom Feld heimbringen und all die kleineren Arbeiten in Eile verrichten, wenn sie zwei Wochen lang jeden Abend pünktlich in der Kirche sein wollten. Das sei etwas viel verlangt, meinte Herbie. Es sei ein Unterschied, ob jemand einen Traktor habe, oder mit Pferden arbeiten müsse.

Vater hatte gesagt: „Das hängt davon ab, wie du es betrachtest. Was ist wichtiger – das Heu getrocknet oder Seelen gerettet zu sehen? Braeburn braucht eine Erweckung und möge es Gott gefallen, dass wir eine erleben!"

„Sie haben natürlich recht, Mr. Scott!", sagte Herbie. „Aber ich hoffte, ich würde diesen Sommer ein bisschen freie Zeit haben, um an dem Haus für uns zu arbeiten, so dass es im Herbst pünktlich zu Kathleens Einzug fertig wird."

Vielleicht bin ich deshalb so traurig, dachte Sarah und lauschte auf den gleichmäßigen Hufschlag von Prince und Captain.

„Nach Hause, wir gehen nach Hause", schienen sie zu sagen.

Bald schon würde Kathleen ein eigenes Heim haben, und nichts würde so sein wie früher.

9. Sommerzeit

Die Sommerferien waren gleichzeitig eine geschäftige und eine faule Zeit. Das Seltsame daran war: Die Zeiten, die am geschäftigsten aussahen, waren in Wirklichkeit die faulsten. Und die Zeiten, die am faulsten zu sein schienen, waren eigentlich die geschäftigsten. So kam es Sarah jedenfalls vor.

Die Erwachsenen hatten natürlich den ganzen Sommer über viel Arbeit. Zuerst kam das Heumachen. Das Korn wurde geschnitten, zu Garben gebunden und gedroschen. Die abgeernteten Felder mussten umgepflügt und mit der Egge eingeebnet werden, um das Unkraut im Keim zu ersticken. Es gab so viel zu tun, dass Robbie manchmal zu den Erwachsenen gezählt wurde, obwohl er erst dreizehn Jahre alt war.

Mutter und Kathleen erledigten die Gartenarbeit. Und dieser Sommer brachte ihnen noch viel zusätzliche Arbeit. Für Kathleens neues Heim mussten dicke, wollene Steppdecken genäht, und die Kopfkissen mit Federn ausgestopft werden. Und jeden neuen Morgen und Abend mussten die üblichen Haus- und Hofarbeiten getan werden.

Robbie mochte überhaupt nicht im Garten Unkraut jäten. Wenn er es schon einmal tun musste, murrte und brummte er, das sei doch Frauenarbeit. Sarah dagegen meinte, so schlimm sei das nun wirklich nicht. Robbie und sie alberten immer zusammen herum. Manchmal erfanden sie Geschichten und lachten über alles, was nur im Geringsten lustig war. Manchmal veranstalteten sie Wettjäten an den Gemüsebeeten und rupften und zupften Unkraut so schnell sie konnten.

Wenn es länger nicht geregnet hatte, mussten sie Wasser vom Bach holen. Sie spannten den alten Wally ein und ließen ihn zwei Fässer ziehen. Obendrauf setzten sie sich selber und führten

das Pferd zur Wasserstelle. Eimerweise wurden dort die Fässer gefüllt. Es gab keinen Grund zur Eile, denn am Wasser war es an glühend heißen Tagen schön kühl. Die Baumwipfel über ihnen rauschten leise, als würden tausende Blätter leise in die Hände klatschen. Unter ihnen gurgelte und plätscherte das Wasser – und Sarah wünschte sich, sie könne für immer hier bleiben. Aber der Garten welkte in der heißen Sonne dahin. Auf dem Rückweg über die Hügel schwappte das Wasser in den Tonnen. „Es kommt, es kommt, das Wasser kommt!", schienen die Fässer zu sagen. Bald würden sich kühle Rinnsale auf die flachen Beete und zwischen Reihen von Runkelrüben, Karotten, Zwiebeln, Erbsen und Mais ergießen und in den durstigen Boden einsickern. In kürzester Zeit würden sich die welken Pflanzen erholen und wieder frisch und aufrecht dastehen. Das war interessant zu beobachten.

Das waren die faulen Tage. Geschäftig wurde es erst, wenn sie zusammengekauert in ihrem Geheimversteck unter dem Holzapfelbaum lag und so lange nachdachte, bis ihr vor lauter Denken schwindelig wurde. Sie dachte über Kathleen und Herbie nach – über die Hochzeit, die für nächsten Herbst geplant war. Sie war noch nie bei einer Hochzeit gewesen. Nie! Es würde sicher aufregend sein, und ihr kam es eigenartig vor, plötzlich einen Schwager zu haben. Manchmal tat es ihr leid, dass sie Herbie gesagt hatte, er könnte Kathleen heiraten. Susan würde Kathleens Schwägerin werden. Sie hoffte, Kathleen würde dann Susan nicht mehr als sie mögen.

Sarah dachte oft an Linda, obwohl sie es eigentlich nicht wollte. Die Worte „ungehobelt, schrecklich, sie stinkt" gingen in ihrem Kopf herum und waren nicht zu vertreiben.

Sie dachte an Bruder Murchison, der bald kommen sollte. Vater und Mutter redeten und beteten täglich mehr für die Gottesdienste. Alle anderen schienen sich nicht wirklich dafür zu interessieren und das verwunderte Sarah.

Wenn Vater die Evangelisation bei Tisch erwähnte, bekam Robbie einen roten Kopf. Stuart schien nicht hinzuhören. Und

Kathleen wechselte meist schnell das Thema der Unterhaltung. Sie sprach praktisch jeden Tag über Regale und Schränke, die Herbie in seinem Haus baute, über die Fenstervorhänge, die sie nähen wollte, oder über Tapeten-, Farbmuster und ähnliche Sachen.

Sarah fragte sich, ob bei allen die Herzen so seltsam zu schlagen anfingen wie bei ihr, wenn von den Versammlungen die Rede war. Warum war ihr dabei komisch zumute? Und was bedeutete „gerettet zu sein"?

Schon lange wollte sie Kathleen danach fragen, aber irgendwie traute sie sich nicht. Eines Abends gab sie sich einen Ruck.

„Es bedeutet – nun, es bedeutet dein Herz dem Herrn Jesus zu geben!", sagte Kathleen.

„Hast du es getan?", fragte Sarah.

Kathleen sagte zögernd: „Ja", als sei sie sich nicht ganz sicher oder als würde sie gerade über etwas anderes nachdenken. Dann wiederholte sie noch einmal: „Ja!"

Sarah flüsterte wieder: „Hast du nicht – wenn du gerettet bist – hast du denn gar keine Angst mehr vor Gott?"

Kathleen sah von ihren Tapetenmustern auf und setzte sich neben Sarah auf das Bett. Aber Sarah beobachtete ihre Zehen so aufmerksam, als hätte sie nie zuvor etwas so Interessantes gesehen.

„Sarah, hast du etwa Angst vor Gott?", fragte Kathleen.

Sarah nickte: „Ein bisschen!"

„Aber das musst du nicht!", sagte Kathleen eindringlich. „Sag Jesus das, Liebes. Bitte Ihn, dein Herz zu reinigen. Er kann das, weil Er gestorben ist."

„Ist das dasselbe wie gerettet zu werden?"

„Ja, das ist einfach nur ein anderer Ausdruck dafür. Wir alle sind schon als Sünder geboren. Und wenn wir wissen, dass wir Sünde im Herzen haben, haben wir Angst vor Gott. Aber das brauchen wir eigentlich nicht, weil Jesus an unserer Stelle gestorben ist, Sarah!"

„Wann wurdest du gerettet?", fragte Sarah.

„Als ich vierzehn Jahre alt war."

Mit vierzehn Jahren! Sarah atmete tief ein. Dann hatte sie noch viel Zeit. Plötzlich fühlte sie sich glücklicher als seit Wochen. Vierzehn! Es war für sie überhaupt nicht eilig. Kathleen versuchte, den Arm um Sarah zu legen, aber die wand sich heraus.

„Ich bin schrecklich müde", sagte sie und gähnte hörbar.

Kathleen seufzte: „In Ordnung. Dann gute Nacht. Du vergisst nicht zu beten, oder, Liebes?"

„Nein, vergesse ich nicht!", murmelte Sarah in ihr Kopfkissen. Sie vergaß es auch nicht, aber sie betete auch nicht. Sie betete fast gar nicht mehr. Sie wurde zu einem furchtbar bösen Mädchen, dachte sie und war sogar ein winziges bisschen stolz darauf. Ein richtiges verlorenes Schaf! Sie gab vor, müde zu sein, obwohl sie es nicht war. Eine Lüge. Sie behauptete „ein bisschen" Angst vor Gott zu haben. Und auch das war streng genommen eine Lüge. Sie fürchtete sich nicht nur ein bisschen, sondern sie hatte schreckliche Angst. Deswegen betete sie auch nicht mehr: Sie traute sich einfach nicht. Nur wenn sie mehr Angst hatte, nicht zu beten, tat sie es doch – zum Beispiel während eines Unwetters.

Es mochte sein wie es wollte, gerettet werden wollte Sarah nicht. Noch nicht jedenfalls. Vielleicht, wenn sie vierzehn war!

Am nächsten Morgen ging die Sonne auf wie immer. Sarah war fast überrascht, dass Gott sie für ihr Verhalten nicht gestraft hatte. Das Sonnenlicht war dasselbe. Und Spencer liebte sie genau so sehr wie immer.

Tau lag auf dem Gras und den Büschen rundherum. Deshalb konnten Vater und Stuart nicht so früh wie gewöhnlich auf das Feld gehen. Sie wollten Heu schichten, und das musste erst ganz trocken werden. So halfen sie an diesem Morgen bei den Arbeiten in Haus und Hof mit. Stuart neckte Sarah, während sie auf dem Heuschober nach verirrten Eiern suchte. Heute Abend würde hier ein Berg von neuem frischen Heu liegen. Als sie flink die Leiter hinunter kletterte, sagte Vater: „Hallo! Wer ist denn heute Morgen so munter? Willst du mir helfen, Hyazinthe zu satteln? Ich will fast meinen, dass heute der richtige Tag ist, ihr und dir ein paar Reitstunden zu geben!"

So begann der Tag.

Am Nachmittag, als alle Brisen ein Schläfchen hielten und die Sonne heiß schien, rief Mutter Sarah zu sich. Sie sollte helfen, ein paar Erfrischungen auf das Feld hinauszutragen.

„Aber setze deinen Strohhut auf!", warnte sie. „Die Hitze ist zu drückend."

Mutter hatte ihre Sonnenhaube aufgesetzt und die Gartenhandschuhe angezogen. Sie waren aus einem Paar Strümpfen gemacht und reichten bis zu den Ärmeln herauf. Eine Dame wollte schließlich nicht braun werden! Bei einem kleinen Mädchen war das nicht so schlimm, und Sarah war froh, keine Dame zu sein. Trotzdem musste sie Sandalen tragen, denn das harte Präriegras konnte in nackte Füße regelrecht hineinschneiden. Sarahs Beine waren nackt und so braun wie ihre Hände, die den Eimer voll herrlich kalter Buttermilch trugen.

Am anderen Ende der Wiese schnitt Stuart das Gras. Er führte Prince und Captain vor der Mähmaschine in immer enger werdenden Kreisen herum. Klick – klick – klick machten die Mähmesser. Das grüne Gras lag in flachen sauberen Reihen zum Trocknen in der Sonne. Den Geruch, den es verbreitete, mochte Sarah besonders gern.

Stuart sah sie kommen und schwenkte den Hut. Er band sein Gespann an den nächsten Busch und kam quer über das Feld gestiefelt. Vater warf mit seiner Gabel große Ladungen Heu in die Futterraufe. Robbie brachte es oben mit der Forke an den richtigen Platz und stampfte es zusammen. Im Schatten der Futterraufe packte Mutter den Korb aus. Sie hatten frische Korinthenbrötchen und Käsescheiben, Butter und Buttermilch mitgebracht. Vater und die Jungen nahmen die Hüte ab. Vater hatte von Hitze und Schweiß einen roten kreisförmigen Abdruck auf seiner Stirn. Sein Haar war feucht und lockig.

„Lasst uns um den Segen bitten!", sagte er. Dann aßen sie und redeten darüber, wie viele Ladungen Heu wohl noch auf dem Feld sein mochten. Der Heuboden könne niemals alles fassen, meinte Vater. Gott hatte es sehr gut mit ihnen gemeint. Sie würden einen langen Heuhaufen direkt hier auf der Wiese machen.

„Wirst du vor Sonntag mit dem Heuen fertig sein?", fragte Mutter.

„Das hoffe ich. Wenn das gute Wetter anhält, sollte es zu schaffen sein!"

Am Sonntag würde Bruder Murchison da sein.

An diesem Samstag gab es zum ersten Mal, seit Sarah sich erinnern konnte, kein Singen im Hause Scott. Sturmwolken kamen immer näher, und noch waren viele Ladungen Heu auf dem Feld.

Vater borgte einen weiteren Wagen von den Heathes. Kathleen und Mutter fuhren den einen Heuwagen, Stuart und Robbie den anderen. Vater und Sarah blieben zu Hause. Sie hatten die aufregendste Aufgabe von allen zu verrichten.

An einem Ende des Heubodens war eine Art Falltür mit Scharnieren, die den größten Teil des Jahres fest verschlossen blieb. Hoch unter dem Scheunenfirst hing ein großer Flaschenzug und daran ein langes, schweres Seil. Prince und Captain wurden in das Seil eingehakt.

Wenn Vater die Falltür herunter ließ, wurde sie zu einer Plattform. Die Öffnung sah wie ein riesiger offen stehender Mund aus. Wurde eine Ladung Heu zur Scheune gebracht, gabelten alle so schnell es ging das Heu von dem Wagen auf die Plattform. Sarah stand nahe bei den Pferden und redete ihnen gut zu. Aber sie behielt auch Vater im Auge. War die Plattform vollgepackt, hob er die Arme hoch und schrie: „Alles klar!"

Sarah lockte die beiden Pferde, die das Seil ziehen sollten.

„Hüa, nicht so schnell! Schon viel besser!" Es war wichtig, dass die Tiere langsam und gleichmäßig zogen. Die Plattform bewegte sich nach oben und – Schluck! – der Riese hatte das Heu heruntergeschluckt. Eine weitere Ladung Heu war sicher auf dem Schober. Sarah führte die Pferde wieder zurück zum Ausgangspunkt, damit sich der hungrige Mund für einen weiteren Happen öffnen konnte. Der Wagen rasselte zurück zur Wiese für die nächste Ladung. Derweil zogen die Wolken sich immer dichter zusammen.

„Das ist das letzte Heu!", rief Stuart und kam eilig angefahren, gerade als Mutter und Kathleen ihr letztes Heu hochwarfen.

„Gut gemacht!", schrie Vater.

Eine Minute später fiel der erste Regentropfen auf Sarahs Nase.

„Lauf, Prinzessin! Lauf ins Haus!", rief Vater. „Robbie, du kümmerst dich um das Gespann."

9. Sommerzeit

Sarah rannte mit den Wolken um die Wette. Aber die Wolken gewannen. Sie öffneten einfach ihre Schleusen und der Regen prasselte auf die Erde und machte aus dem Hof ein schaumiges braunes Meer. Sarahs Kleider klebten am Körper, sie sah kaum noch etwas. In diesem Augenblick gab es einen fürchterlichen Donnerschlag, Sarah zuckte zusammen, glitt aus und fiel auf ihr Gesicht. Aber schon rappelte sie sich wieder auf und rannte wie ein nasses Kaninchen zum Haus, während der Donner über ihr grollte.

Kurz danach stand sie am Küchenfenster, triefend nass und mit klopfendem Herzen. Durch den dichten Regenvorhang sah sie Stuart mit Prince und Captain über den Hof rennen, um den Heuboden schnell noch zu schließen. Robbie half Vater, das andere Gespann zu versorgen, während Mutter und Kathleen die durchnässten Küken und Glucken in die Verschläge scheuchten. Sie alle waren bis auf die Knochen nass und jeder lief, so schnell es Regen und Wind zuließen.

Zu Abend gegessen wurde heute später als gewöhnlich. Alle waren so nass geworden, dass sie zuerst ein Bad nehmen wollten. Man bekam leicht den Eindruck, dass es später war, als die Uhr anzeigte, denn die Gewitterwolken verdunkelten die Küche.

Es war seltsam, mitten im Sommer zum Essen die Lampen anzünden zu müssen. Die nassen Haare und sauberen Kleider verbreiteten einen heimeligen Geruch. Die Lampe auf dem Tisch warf ihren warmen Schein über die Gesichter. Aber Sarah hatte keinen Appetit. Wenn nur der Donner endlich aufhören wollte! Sie dachte, Gott müsse furchtbar böse sein, vielleicht ihretwegen. Dann erinnerte sie sich, dass morgen Sonntag war und Bruder Murchison in der Kirche sein würde. Aber wenn es weiter so regnete, würden die Scotts vielleicht zu Hause bleiben.

Es regnete weiter, die ganze Nacht und den ganzen nächsten Vormittag. Zwar war der Regen nicht mehr so stark, aber immerhin stärker als ein Nieselregen. Und die Scotts gingen wie immer zur Kirche.

„Keiner von uns ist aus Zucker!", sagte Mutter bestimmt. „Wir können uns in Decken wickeln. Die Leute, die nur Autos haben, werden heute wohl kaum ihr Haus verlassen können. Es wäre eine Schande, wenn Bruder Murchison keine Zuhörer hätte!"

Es waren nur siebzehn Zuhörer, aber er predigte, als seien zweihundert da. Vater sagte später, es sei eine kraftvolle Predigt gewesen.

10. Sarahs Auflehnung

An diesem verregneten Sonntagvormittag besuchten nur so wenige Leute den Gottesdienst, dass Bruder Murchison danach jedem die Hand schütteln konnte. Er war ein großer Mann mit wachen Augen unter den buschigen Augenbrauen. Sarah fürchtete sich vor ihm. Er bückte sich, nahm ihre Hand und lächelte sie an.

„Nun, Mädchen, hast du dein Herz schon dem Herrn Jesus gegeben?", fragte er.

Niemand sonst hörte es, also würde es keiner wissen. Deshalb flüsterte Sarah: „Ja".

„Gott segne dich! Solchen gehört das Himmelreich!", sagte Bruder Murchison und legte seine große Hand sanft auf ihren Kopf.

Sarah bereute ihre Lüge nicht. Jetzt konnte Bruder Murchison ihr keine unangenehmen Fragen mehr stellen. Sie hätte nie gedacht, dass er sie zu Hause besuchen kommen würde – an einem solch regnerischen Tag. Aber Mutter lud ihn zum Mittagessen ein und er kam.

„Es ist ja nicht mehr als ein Nieselregen", sagte er, als Mutter sich Sorgen machte, weil er nass werden würde. „Feuchte Luft ist gut für die Lungen, Schwester Scott!"

Sarah, das Mädchen von der Farm

10. Sarahs Auflehnung

Und am Mittagstisch erzählte er, wie glücklich es ihn mache zu hören, dass Sarah ein Gotteskind sei. Alle waren zu höflich – vielleicht auch zu überrascht – um sofort etwas zu sagen. Später sah Kathleen ihre Schwester fragend an:

„Wann ist das geschehen, Liebes?"

Robbie fing davon an, als sie mit Eiereinsammeln beschäftigt war. Er schloss die Tür des Kükenverschlages und kam nahe an sie heran.

„Du bist schlau!", flüsterte er. „Ich wünschte, mir wäre der Gedanke gekommen."

Mutter kam in ihr Zimmer, als Sarah sich für den Abendgottesdienst fertig machte. Sie setzte sich mit ernster Miene auf das Bett und fing an zu reden. Sarah tat so, als hörte sie nichts.

„Würdest du meine Haare kämmen, Mutter?" sagte sie. „Und bitte, binde meine Schärpe, du machst so schöne Schleifen. Bei Susan sind sie immer krumm und ganz zerdrückt."

„Sarah, ich möchte, dass du gut zuhörst. Gott anlügen ist sehr gefährlich. Er lässt sich nicht hinters Licht führen. Ich hoffe, du denkst darüber nach. Oh, mein Liebling, mein kleines Baby. Was ist nur in diesen letzten Wochen mit dir los?"

Mutter hatte Tränen in den Augen. Sarah schaute schnell weg und starrte aus dem Fenster. Schließlich ging Mutter aus dem Zimmer.

Von diesem Tag an war Sarah ein ungezogenes Mädchen. Manchmal fühlte sie sich elend deshalb, dann wieder war sie beinahe stolz auf ihr schlechtes Benehmen. Sie wollte sich nicht wirklich so verhalten, aber irgendetwas trieb sie dazu. Sie konnte gar nicht anders. Während der Abendversammlungen kicherte sie und erzählte den Mädchen neben ihr lustige Sachen, um sie zum Lachen zu bringen.

Und eines Tages tat sie das Schlimmste überhaupt. Mutter und Kathleen fuhren am Vormittag nach Blakely. Sarah sollte zur Strafe in ihrem Zimmer bleiben, weil sie eine freche Antwort gegeben hatte. Aber sobald Mutter fort war, lief sie hinaus und zäumte Captain. Sie ritt hinüber zu Tante Janes Haus. Sie wusste, dass Tante Jane gerade nicht zuhause war. Sie hatte gesehen, wie das Auto vom Hof gefahren war. Linda saß am offenen Fenster. Sie sah überrascht aus. Dann wurde ihr Gesicht fast freundlich und direkt ein bisschen befangen.

„Hallo! Sarah!", rief sie und lehnte sich hinaus. „Tante Jane ist leider nicht zu Hause. Und – und es tut mir leid, dass ich letztes Mal so grob zu dir ..."

„Grob? – Ungehobelt!", schrie Sarah und streckte ihre Zunge heraus.

Dann ließ sie Captain in Kreisen und Achterfiguren laufen. Zuerst stellte sie sich auf seinen Rücken, dann legte sie sich flach auf ihn. Jeden einzelnen Trick, den sie jemals mit ihm geübt hatte, führte sie Linda vor, als wollte sie sagen: *Siehst du? Das kannst du nicht, weder das noch dies, und auch das nicht. Du bist ein Krüppel! Du wirst niemals so etwas Lustiges tun können, niemals!*

Sie sprach kein Wort, aber ihr Benehmen sprach Bände. Und Linda verstand. Sie legte den Kopf auf das Fensterbrett, und ihre Schultern zuckten. Sarah tat es jetzt ein winziges bisschen leid. Aber sie machte auf Captain kehrt und ritt nach Hause. Sie brachte ihn auf die Weide und hastete auf ihr Zimmer.

Mutter wird es nie erfahren, dachte sie. Aber Linda musste Tante Jane davon erzählt haben, denn noch an demselben Nachmittag ereignete sich etwas, von dem niemand je gedacht hätte, dass es jemals geschehen würde. Miss Jane Bolton fuhr in ihrer Limousine den Weg bis zu den Scotts hinauf und hielt vor dem Gartentor. Sarah, die in der Küche war, hörte ihre Mutter flüstern: „Oh, ich danke Dir, Herr!"

Mutter lief zur Tür wie ein kleines Mädchen und rief: „Jane, Jane! Oh, meine liebe Jane, du bist gekommen!"

Sarah konnte alles hören und das Herz klopfte ihr bis zum Hals.

10. Sarahs Auflehnung

Sie hörte Miss Bolton sagen: „Du scheinst mich falsch zu verstehen, Sheila Scott. Wo ist Sarah? Ich bin gekommen, um sie zu sprechen und ihr meine Meinung zu sagen. Glaube mir, sie hat es verdient."

Sarah konnte nicht mehr still sitzen bleiben. Auf Zehenspitzen rannte sie durch das Schlafzimmer der Eltern zum Fenster, schlängelte sich hindurch und ließ sich auf den Boden fallen. Sie duckte sich, als sie durch den Garten an den Cranberry- und Stachelbeersträuchern vorbei lief und endlich in ihrem Versteck

ankam. Spencer wollte sich zu ihr gesellen, aber Sarah gab ihm einen harten Stoß mit ihrer nackten Ferse. „Verschwinde! Geh", flüsterte sie scharf. Er sah sie vorwurfsvoll an, dann ging er traurig davon. Sarah kauerte sich zusammen. Ihr Herz schlug wie wild. Sie wusste, wovon Miss Bolton jetzt reden würde. Wie sehr wünschte sie, Bruder Murchison wäre nie in die Braeburn-Kirche gekommen. Damit hatten ihre Schwierigkeiten begonnen. Seitdem sie ihn angelogen hatte, war sie immer ungezogener geworden. Und heute hatte sie sich ganz schrecklich gegenüber Linda verhalten. Und Tante Jane würde es Mutter verraten.

Sarah wartete mit klopfendem Herzen. Lange Zeit geschah nichts. Tante Janes Auto brauste davon. Noch ein Weile blieb es still. Dann hörte sie Vaters Stimme: „Sarah! Sarah Naomi, wo bist du? Sarah! Komm sofort her!"

Nie zuvor in ihrem ganzen Leben hatte sie sich so vor Vater gefürchtet. Er sah aus, als würde er sich schämen – für sie! Er guckte sie traurig, aber fest an. Zwischen den Stachelbeersträuchern stehend ließ er sie erzählen was an diesem Morgen vorgefallen war.

„Sarah, deine Mutter und ich haben alles versucht. Du entgleitest uns einfach. Es ist Zeit, härtere Maßnahmen zu ergreifen. Komm mit!", sagte Vater und nahm ihre Hand.

„Vater, du wirst mich doch nicht strafen?" Er hatte es seit Jahren nicht mehr getan. „Du willst doch nicht?", flehte Sarah.

„Doch. Ich will und ich werde!", sagte Vater und schlug den Weg zum Holzschuppen ein.

Und er tat es. Danach hielten seine Arme die schluchzende Sarah umschlossen. Und sie erzähle ihm alles von Anfang an. Von den Lügen und ihrer Ungezogenheit.

„Du brauchst den Herrn Jesus in deinem Leben, Mädchen", sagte er.

„Aber ich habe Bruder Murchison gesagt, dass ich gerettet wäre!", flüsterte sie.

10. Sarahs Auflehnung

„War das auch wieder eine Lüge?", fragte Vater und drückte seine stachelige Wange gegen ihre.

Sarah nickte.

„Bist du nicht müde, von Gott wegzulaufen? Würdest du nicht gern reinen Tisch mit Ihm machen und Sein Kind werden?"

„Hier? Jetzt? Kann ich das? Muss ich nicht bis zur Versammlung warten?", fragte sie.

„Ganz und gar nicht! Hier und jetzt ist die allerbeste Zeit und der beste Platz!", antwortete er.

Vater setzte sich auf den Holzklotz und erklärte sorgfältig, wie sie Jesus als ihren Herrn aufnehmen könnte. Beide knieten nieder und Sarah bat den Herrn Jesus, ihr Herz von allen Sünden zu reinigen und sie zu seinem Kind zu machen. Sarah wusste, dass Er es getan hatte, noch bevor ihr Vater zu beten begann.

Vater war so froh, dass er beim Beten weinte. Auch Sarah weinte. Trotzdem war sie so glücklich, wie noch nie in ihrem Leben. Auch wenn sie eine Weile aufpassen musste, wie sie sich hinsetzte. Ihr Hinterteil tat nämlich ganz schön weh.

Es war ein seltsamer Tag. Das Mittagessen wurde bei den Scotts aufgeschoben, weil niemandem nach Essen zumute war. Alle warteten auf Vater und Sarah. Endlich kamen sie zusammen in die Küche. Sarahs Augen waren geschwollen vom Weinen, aber sie lächelte glücklich.

„Ich bin gerettet, Mutter! Ich bin gerettet! Ich gehöre jetzt Jesus!"

Mutter umarmte sie fest, und zum zweiten Mal an diesem Tag hörte Sarah ihre Mutter flüstern: „Ich danke Dir, Herr Jesus!"

„Und jetzt brauchst du ein kurzes Schläfchen", sagte Mutter nach dem Essen.

„Aber – aber ich muss noch zu Tante Jane ..."

Mutter nickte. „Schlaf zuerst ein wenig. Du hast es nötig."

Sarah schlief sofort ein. Dann – zum zweiten Mal an diesem Tag – fing sie Captain ein und sattelte und zäumte ihn. Dieses

10. Sarahs Auflehnung

Mal ritt sie langsam und nur bis zum Anfang des Weges, der zu Miss Bolton führte. Sie wollte nicht, dass Linda sie wieder reiten sah – Linda, die das Reiten so liebte.

Der Fußweg zu Tante Janes Haus kam ihr endlos lang vor. Zweimal wäre sie am liebsten umgekehrt. Aber sie betete im Stillen und ging dann direkt auf das Tor zu, die Verandatreppe hoch – und klopfte an die Tür.

Die Tür ging auf und Tante Jane stand vor ihr.

„Nun!", sagte sie. „Du bist es also!"

Als ob ich ein scheußliches, kriechendes Etwas wäre, dachte Sarah. Sie schluckte:

„Tante Jane ...", aber irgendwie sah das Gesicht vor ihr so gar nicht nach *Tante Jane* aus.

Sarah begann noch einmal: „M-Miss Bolton, dürfte ich bitte zu Linda?"

„Nenn mir nur einen Grund, warum ich das erlauben sollte! Ein Mädchen, das absichtlich getan hat, was du heute getan hast! Sarah Naomi Scott!"

„Es tut mir sehr leid. Ich bin gekommen, um zu sagen, dass es mir leid tut. Bitte, darf ich Linda sprechen?"

Miss Bolton schien nicht gehört zu haben.

„Wenn du gesehen hättest, wie ich sie vorgefunden habe. Es dauerte Stunden, bis sie sich beruhigte. Sie darf sich kein zweites Mal so aufregen."

„Ich will sie nicht aufregen. Ich -" und dann sprudelte es schnell aus Sarah heraus. „Ich habe Jesus heute in mein Herz gelassen. Ich habe Linda jetzt lieb. Ich möchte es ihr sagen, bitte, darf ich?"

„Ich fürchte – ich kann es nicht riskieren", sagte Tante Jane.

Sarah sah traurig in Tante Janes Gesicht.

„Hast du denn niemals – etwas getan, das vergeben werden musste?", flüsterte sie, drehte sich um und rannte das Stück Weg zum Tor zurück. Dann ging sie langsam den Pfad entlang. Sie fühlte gar nichts – ungefähr wie ein geplatzter Ballon. Sie konnte kaum die Zügelleine losknüpfen, so brannten ihr die Augen vor lauter Tränen.

„Sarah? Kleine Schwester", sagte eine Stimme. Es war Herbie! Er war staubig und verschwitzt, aber nichtsdestotrotz sah er wundervoll aus! Sein Pferdegespann hatte er stehengelassen, um zu ihr zu kommen. „Wieder in Schwierigkeiten?"

Sarah seufzte und nickte. Genau wie letztes Mal war Herbie bis zum obersten Lattenholz geklettert. Sarah wollte ihm eigentlich nichts erzählen, aber dann sprudelte es aus ihr heraus. Er freute sich sehr, dass sie gerettet war. Und er meinte, sie solle sich wegen Miss Bolton nicht solche Gedanken machen. Schließlich habe sie um Vergebung gebeten, dass sie Linda verletzt hatte, und das sei es, worauf es ankomme. Wenn Gott ihre Hässlichkeit verziehen habe, brauche sie sich selbst nicht immer und immer wieder daran zu erinnern.

„Sagt die Bibel das? Dass Gott vergisst?", fragte Sarah erfreut. „Aber – es ist doch erst heute Vormittag geschehen. Wie kann Er so schnell vergessen?"

„Hör zu! Ich will es dir vorlesen."

Er zog ein Neues Testament aus der Brusttasche seines Overalls und las: „Denn Ich werde gnädig sein gegen ihre Ungerechtigkeiten, und an ihre Sünden und ihrer Gesetzlosigkeiten werde Ich nicht mehr gedenken."

„Ich werde nicht mehr gedenken – das heißt vergessen. Es stimmt wirklich!"

Sarah wiederholte leise die Worte, und ihr Herz wurde glücklich und leicht.

„Wo steht das?", fragte sie.

„Im Hebräerbrief, Kapitel 8, Vers 2! Kannst du dir das merken?"

Sie nickte und sah freundlich in sein staubiges Gesicht: „Ich bin froh, dass du mein großer Bruder sein wirst."

„Wirklich?"

10. Sarahs Auflehnung

Plötzlich wurde sein Gesicht sehr ernst. „Sarah, wie geht es Kathleen?"

Sarah runzelte die Stirn. „Sie verhält sich so – anders, seit die Versammlungen begonnen haben. Sie liest viel in der Bibel, und manchmal, wenn ich schon im Bett liege, sitzt sie am Fenster und schaut hinaus."

„Zu mir hinüber?", fragte er.

Sarah nickte. „Und – und einmal weinte sie ein bisschen, Herbie. Ist irgendetwas los? Habt ihr euch gestritten oder so?"

„Nein, das nicht. Aber – ich glaube, Gott ruft mich in Seinen Dienst. Darüber habe ich mit Kathleen noch nicht gesprochen."

„Was aber, wenn sie nicht will?", fragte Sarah.

„In diesem Fall, Sarah Naomi Scott", er blickte geradeaus, „in diesem Fall werde ich Gott ja sagen müssen. Denn selbst wenn Kathleen einverstanden ist, können wir doch höchstwahrscheinlich nicht in diesem Jahr heiraten, wie wir es uns gedacht hatten."

„Warum nicht?", Sarah war betroffen.

„Ich werde die Farm verkaufen müssen und die Pferde – und zur Schule gehen", vertraute er ihr an.

„Kathleen wird das nicht wollen", sagte Sarah entschieden.

„Ich fürchte es auch", meinte er.

„Soll ich es ihr erzählen?"

„Nein, nein, das möchte ich lieber selbst tun."

Er half ihr, auf Captain aufzusteigen und winkte, als sie davon trabte.

Als Sarah nach Hause kam, war das Abendessen fast fertig. Vater und Stuart spannten in Eile die Pferde aus. Kathleen half Robbie, die Kälber zu füttern. Sarah beeilte sich, die frechen halb erwachsenen Gänschen und die zierlichen Küken zu füttern. Jeder aß hastig zu Abend, Robbie ausgenommen. Ihn musste man ermahnen, nicht zu trödeln.

Kathleen kämmte schweigsam ihr Haar. Sarah, schon fertig angezogen für die Kirche, beobachtete, wie sie ihre kleinen niedlichen Ohrenlocken machte.

„Würdest du etwas für mich tun?", fragte Kathleen.
„Was? Irgendetwas holen?", erwiderte Sarah.
„Nein, Sarah. Ich wollte dich bitten, für – für mich zu beten. Ich brauche es. Wirst du es tun?"

Sarah nickte schnell, küsste Kathleens Hals und eilte in Richtung Tür. Auf dem Weg zur Kirche redete keiner viel. Sie sangen Bruder Murchisons Lieblingslied:

„Kennst du wohl den Brunnen, der rinnt von dem Kreuze, wo Jesus starb?
Kennst du wohl das Lamm, das gesühnt, unsre Schuld und Heil uns erwarb?
Von der Herde fern und verirrt, sucht mein banges Herz längst nach Ruh;
Hole Du mich heim, o mein Hirt, meiner Seele Frieden bist Du.
Nur auf Deine Wunden ich schau; gläubig hier am Kreuze ich steh;
Nur auf Deine Gnade ich trau', Dein Blut macht mich weißer denn Schnee."

Ihre Stimmen klangen kräftig und glücklich. Sie sangen alle, nur Robbie nicht.

11. Tante Jane

Nicht alles ist leicht, wenn man Christ ist. Sarah fand das bereits am Abend heraus. Robbie hänselte sie auf dem Wege vom Anpflockpfahl bis zur Kirche.

„Du musst jetzt deinen Glauben bezeugen – bezeugen – bezeugen", sang er leise.

Fast jeden Abend während des Gottesdienstes bat Bruder Hammond um ein Zeugnis. Das konnte nicht allzu schlimm sein. Sarah sagte gerne in der Öffentlichkeit Gedichte auf oder machte bei einer Aufführung mit. Wenn ein Junge oder Mädchen ein Zeugnis gab, sagten sie meistens: „Ich bin froh, dass Jesus mein Retter geworden ist" oder „Ich bin froh, gerettet zu sein." Sie hatten aber auch nicht gelogen und Bruder Murchison vorgeschwindelt, sie seien bekehrt. Sarah schon.

An diesem Abend schlug ihr Herz mächtig und sie brachte kein Wort heraus. *„Morgen"*, dachte sie. Vielleicht würde es morgen leichter sein! Andere standen auf, aber sie selbst fühlte sich wie angeleimt auf ihrem Platz. Robbie sah sie von der Seite an und warf ihr spöttische Blicke zu. Sarah kaute nervös auf der Innenseite ihrer Wange. Bruder Hammond hatte die Geschichte von Gideon vorgelesen. Er war tapfer und gehorchte Gott, selbst dann, als andere Menschen meinten, er sei dumm. Sarahs Knie zitterten, aber sie stand auf.

„Nun, Sarah?", fragte der Prediger lächelnd.

„Ich – ich ..." Sie leckte ihre trockenen Lippen. Das Herz schlug ihr bis zum Hals. „Ich habe gelogen! Ich habe gesagt, ich sei gerettet. Aber das stimmte nicht. Aber jetzt bin ich gerettet. Und deshalb bin ich sehr froh."

„Das sind auch die Engel im Himmel, Sarah. Wo und wann geschah es denn?", fragte Bruder Hammond.

„Heute – im – im – Holzschuppen. Vater hat mir geholfen. Er sagte, ich brauchte nicht bis zum Abend zu warten."

Sie setzte sich hin und lehnte ihren Kopf gegen Vaters Arm.

„Viele wertvolle Lektionen im Leben werden im Holzschuppen gelernt!", meinte Bruder Hammond.

Die Leute lachten ein bisschen, und einige weinten etwas. Vater wischte sich die Augen. Aber Sarah war so glücklich. Und dann geschah etwas Unerwartetes. Stuart stand auf. Er sagte, er sei seit einigen Jahren Christ, hätte aber nie den Mut gehabt, jemandem etwas davon zu sagen. Heute hätte ihn nun seine kleine Schwester beschämt. „Ist das etwas schlechtes?", fragte sich Sarah ängstlich. Von jetzt an wollte er den Herrn bezeugen, wo immer sich die Möglichkeit ergab.

Bruder Murchison hielt eine anschauliche Predigt. Sarah meinte fast, das Blasen von Gideons Trompeten und das Zerschellen der Krüge zu hören und sah im Geist die Fackel in der Nacht flackern. Das war aufregend. Aber am meisten blieb ihr in Erinnerung, was nach der Botschaft geschah. Bruder Murchison fragte, ob noch irgendjemand auf Gottes Seite stehen wollte. Ohne eine Minute zu zögern ging Robbie nach vorn. Er war tapfer wie Gideon.

Auf dem Heimweg war Robbie sehr still. Sarah drückte heimlich seine Hand, und er erwiderte den Druck fest.

Es war ein langer, aufregender Tag gewesen. In Sarahs Gedanken zog er nochmals vorüber, als sie im Wagen heimwärts

11. Tante Jane

rumpelten. Am Vormittag war sie zu Tante Jane – zu Miss Bolton – hinübergeritten. Dann hatte sie sich an ihrem Geheimplatz unter dem Apfelbaum versteckt. Vater fand sie und ging mit ihr in den Holzschuppen – und als sie herauskam, war sie ein Kind Gottes. Heute Nachmittag war sie noch einmal zu Miss Bolton gegangen – und wurde nicht eingelassen. Sie hatte Herbie getroffen, und er hatte ihr von dem Farmverkauf erzählt und dass er ein Prediger werden wollte. Ob Kathleen es schon wusste? Sie fuhr mit ihm im Flitzer nach Hause.

„Sie werden vor uns zu Hause sein", sagte Vater.

Die beiden warteten im Auto am Gartentor. Nach einer kleinen Weile, als die Lampen angezündet waren, kam Herbie mit Kathleen ins Haus. Sie sahen ernst aus, aber ihre Augen leuchteten.

Herbie erzählte die Neuigkeit. „Gott hat uns beide in Seinen Dienst gerufen. Aber ich wusste es von Kathleen nicht und sie nicht von mir. Jeder von uns war bereit, den anderen aufzugeben – wenn es hätte sein sollen – "

„Aber das muss es nicht", sagte Kathleen und umarmte Mutter fest.

„Und deine Farm?", fragte Vater.

„Ich verkaufe sie!"

„Ist das nötig? Warum willst du sie nicht an jemanden verpachten? Da hättest du ein jährliches Einkommen, während du studierst", sagte Vater.

„Nein, ich werde – ich werde sie verkaufen müssen. Dann komme ich nicht in Versuchung zurückzugehen, wenn Schwierigkeiten auftreten."

„Vielleicht hast du recht!", pflichtete Vater bei. „Vielleicht hast du recht."

„Das ist so ähnlich wie Gideon im Hain", sagte Sarah. „Nicht wahr, Vater? Es stimmt doch?"

Herbie antwortete für ihn. „Genauso ist es!", sagte er. Gideon musste die Bäume im Hain fällen. Die Bäume selber waren nicht schlecht, aber die Leute taten dort unrechte Dinge. Sie beteten Götzen an, und darum mussten die Bäume gefällt werden. Es war auch kein Unrecht, ein Farmer zu sein. Vater war schließlich auch einer. Aber von Herbie erwartete Gott, dass er die Farm verließ.

Sarah wusste nicht, wie er das schaffte. Er war gerne Farmer. Und er liebte Tiere. Er hatte all die schicken neuen Schränke für Kathleen gebaut. Und nun würden die beiden nie auf der Farm wohnen.

In den nächsten Wochen ging Kathleen kein einziges Mal hinüber zur Farm. Aber sie nähte immer noch Sachen für die Hochzeit. Nach dem Dreschen im Herbst würden sie und Herbie heiraten und auf eine Bibelschule gehen. In Kalifornien!

Die Evangelisation war vorüber. Aber sie hatte viel verändert. Nichts würde mehr sein wie vorher. Wäre Bruder Murchison nicht gekommen, würden Kathleen und Herbie nicht so weit fortgehen.

„Was werden wir nur ohne Kathleen machen?", fragte Sarah ihre Mutter eines Tages.

„Wir werden sie vermissen. Aber lass sie uns freudig an Gott abgeben. Sarah, wenn ich wüsste, dass Keith irgendwo dem Herrn diente, selbst im tiefsten Dschungel, ich würde glücklicher sein, als Worte es ausdrücken können."

Bei der Erwähnung von Keith sah Sarah in Mutters Gesicht. Sie tat ihr leid. Sarah vermutete, dass Mütter und Väter ihre Söhne und Töchter nie wirklich vergessen können, selbst wenn sie lange Zeit fort waren. So waren Eltern von Gott geschaffen.

Mutter sprach nicht wieder von Keith. „Willst du mir helfen, das Mittagessen auf das Feld zu bringen? Füll den Wassereimer mit gutem kalten Quellwasser und trage ihn hin."

Es war Erntezeit. Vater schnitt den Weizen mit einem Mähbinder, dessen Windmühlenarme sich beständig drehten. Sarah liebte das schwirrende Geräusch.

Und sie liebte das Hin- und Herwiegen des Korns in der Brise, die durch das Feld strich. Wohin man auch schaute, sah man nur ein gelbes, wogendes Meer. Sie mochte den Anblick der Garben, wie sie von der Plattform des Mähbinders purzelten. Stuart und Robbie setzen die Bündel zu kleinen Häusern zusammen, die wie Indianerzelte aussahen.

Robbie konnte das mittlerweile recht gut. Zwei schwere Garben nahm er auf einmal und stellte sie aufrecht, an der Spitze aneinander gelehnt, auf die Stoppeln. Dann lehnte er noch vierzehn Garben rundherum. Auf diese Weise konnten die Regentropfen am glatten Stroh herunter gleiten und konnten das Korn nicht verderben.

Sarahs Schuhe zertraten knisternd die Stoppeln. Das Wasser schwappte im Eimer. Sein Drahtgriff schnitt ihr in die Finger, aber sie trug gerne das Essen aufs Feld.

Heute hatte Mutter Lachsbrote eingepackt, frische Dillgurken, Zimtbrötchen, die noch warm vom Ofen waren und längliche kleine Kuchen mit Butterbonbonglasur. Dazu gab es heißen sahnigen Kaffee, direkt aus dem Eimer.

Der Wind raschelte durch die Weizengarben, als Sarah ihrer Mutter beim Auspacken half. Die Jungen waren zuerst da. Dann kam Vater. Er war verschwitzt und sah besorgt aus. Irgendetwas stimmte mit dem Mähbinder nicht. Er würde Reparaturteile aus der Stadt brauchen – aber er hatte keine Zeit, sie zu holen. Robbie war bereit, an seiner Stelle zu gehen, nur um dem Garbensetzen zu entkommen. Aber Vater meinte, er könne ihn nicht entbehren.

„Wie wär's mit dir, Mutter?", fragte Vater.

Sie schüttelte den Kopf. „Es tut mir leid, John. Ich fürchte, es ist unmöglich."

„Und du, Prinzessin?"

„Nach Blakely? Allein?", Sarah war erstaunt.

„Warum nicht?", fragte Vater. „Du kennst den Weg und hast Wally schon oft gefahren."

„Ach, Wally!" Einen Augenblick lang hatte sie sich schon stolz mit Hyazinthe fahren sehen. Aber jeder schien zu denken, dieses Pferd sei zu unberechenbar, um es ihr anzuvertrauen. Vater sagte

Sarah, das Mädchen von der Farm

Sarah ganz genau, wo sie in Blakely hingehen müsse und was sie zu besorgen habe. Das konnte sie erledigen, Vater wusste, dass sie es konnte.

Wally wurde nie unruhig, das war ein großer Vorteil. Trotzdem bebte Sarah innerlich und ihre Hände zitterten, als sie das gutmütige alte Schulpferd anschirrte. Sie ahnte nicht, dass es eine abenteuerliche Fahrt werden würde.

Das Abenteuer begann, ohne dass sie etwas davon ahnte. Sie fuhr gerade in zügigem Trott an Miss Boltons Farm vorbei, da sah sie eine Bewegung am Fenster. Nicht an Lindas Fenster, sondern am Esszimmerfenster. Es sah fast aus wie ein winkender Arm. Sarah fuhr weiter. Sie wiederholte Vaters Anweisungen, um sie nicht zu vergessen.

Geh zu Herrn Masons Eisenwarenhandlung und frage nach – plötzlich zog sie die Zügel scharf an.

„Halt!", rief sie und starrte zwischen Wallys Ohren geradeaus.

Sie hatte – was hatte sie im Vorbeifahren an Miss Boltons Farm gesehen? Etwas wie einen winkenden Arm – und gerade, als sie vorbeifuhr, schien etwas auf den Arm zu plumpsen.

War Tante Jane etwa in Schwierigkeiten?

Sarah hörte zwei innere Stimmen. Sie bekämpften sich zwar nicht richtig, stimmten aber auch nicht überein. *Geh zurück, sie brauchen dich*, mahnte die eine. *Fahr zur Stadt und komm zurück, so schnell du kannst*, drängte die andere. Das hatte Vater gesagt, ehe sie von zu Hause losfuhr. Sie musste entweder Vater gehorchen oder ihm einen plausiblen Grund für ein anderes Handeln nennen können.

Sarah fuhr weiter. Sie redete Wally zu, schnalzte mit den Zügeln und versuchte ihn dazu zu bringen, schneller zu traben. In der Stadt dachte sie einen schrecklichen Moment lang, sie habe Vaters Auftrag vergessen. Aber es war nicht so. Der Eisenwarenhändler legte die Ersatzteile auf den Boden des Wagens und wendete sogar

Wally für sie. So konnte sie sich ohne Verzögerung wieder auf die Rückfahrt machen. Das Pferd dachte, es sei müde und wollte in eine langsame Gangart verfallen.

„Oh, Wally! Es sind doch nur neun Meilen! Beeile dich! Schwing die Hufe! Wir sind auf dem Heimweg!", rief sie.

Vielleicht hatte das Pferd sie gehört und es vielleicht sogar verstanden. Jedenfalls erhöhte Wally das Tempo. In der Nähe von Miss Boltons Farm fing Sarahs innere Stimme wieder an: *Halte hier an. Du musst nicht lange bleiben!*

Von hier aus konnte sie den Mähbinder schon sehen. Vater würde auf sie warten und sehen, wenn sie in Miss Boltons Hof einschwenkte. Aber – sie musste, irgendwie musste sie es tun.

Da war niemand mehr am Fenster. Sarah brachte Wally dazu, schneller zu traben. Vor dem Tor hielt sie an und kletterte eilig hinunter, um das Halfter zu befestigen. Dann rannte sie zum Haus.

Sie klopfte – und wartete – und klopfte wieder. Ihr Herz hämmerte. Sie hörte ein Geräusch.

„Jemand zu Hause?", rief sie und klopfte nochmals.

Derselbe Laut – ein Stöhnen. Und jetzt rief jemand: „Oh, bitte, bitte, komm herein!"

Sarah probierte die Türklinke. Sie bewegte sich. Die Tür war nicht abgeschlossen. Im nächsten Augenblick blinzelte sie in die kleine dunkle Eingangshalle.

„Hallo!", rief sie schüchtern.

„Oh!", sagte eine Stimme. „Oh, bist du gekommen!"

Sarah ging ins Esszimmer. Zuerst sah sie Linda auf dem Boden neben der Tür zu ihrem Zimmer liegen. Neben ihr, am Fuß der Treppe, lag Tante Jane. Ihre Augen waren geschlossen, aber sie stöhnte leise. Sie sah schrecklich aus.

„Sie ist die Treppe heruntergefallen!" Lindas Zähne klapperten, als würde sie frieren. „ Und dann lag sie hier – und ich konnte das Telefon nicht erreichen …"

11. Tante Jane

Das Telefon! Sarah lief in die Küche. Sie kurbelte zweimal lang, zweimal kurz – ihre Nummer zu Hause. Das Herz klopfte laut.

„Weine nicht, Linda!", rief sie zurück. „Bitte, weine nicht! Es wird alles gut werden! Warum kommt Mutter nicht an das Telefon?" Sie kurbelte wieder und wieder. Mutter musste draußen sein, wahrscheinlich harkte sie Unkraut im Garten. „Bitte, Herr Jesus, lass sie das Telefon …"

„Sagen Sie, stimmt etwas nicht?", rief eine Stimme in den Hörer.

Das war Frau Heathe, mit der sie eine telefonische Gemeinschaftsverbindung teilten.

„Frau Heathe? Hier ist Sarah Scott. Ich bin in Tante Janes Haus – Jane Boltons Haus. Sie hatte einen Unfall. Könnten Sie bitte …"

Dann hörte sie Mutters Stimme: "Hallo, Hallo?"

Jetzt würde wirklich alles gut werden. Sie war in guten Händen.

Aber noch musste Sarah warten, bis Hilfe kam. Die Minuten schlichen langsam wie eine Schnecke dahin. Sarah hockte sich auf den Boden neben Tante Jane und Linda. Die beiden Mädchen sprachen im Flüsterton.

"Wie ist es geschehen?", fragte Sarah.

"Nun, sie war den ganzen Vormittag sehr geschäftig – du weißt doch wie sie ist. Hausputz, Fensterreinigen und Wände saubermachen. Ich vermute, sie ist gestolpert", sagte Linda.

"Wahrscheinlich ist sie ausgerutscht, vielleicht auf Seife?", meinte Sarah.

"Wird wohl so sein. Ich hörte sie fallen und hatte fürchterliche Angst", fuhr Linda fort. "Sie lag einfach nur da. Ich saß in meinem Stuhl – und musste erst einmal auf den Fußboden kommen. Dann habe ich es bis zum Fenster geschafft und sah dich vorbeifahren. Ich winkte – aber du bist weitergefahren –"

Sarah fühlte sich entsetzlich, aber sie legte ihren Arm um Lindas Schulter und streichelte sie.

"Denke nicht mehr daran, Linda! Mutter wird bald hier sein."

Es war eine traurige Wartezeit. Aber Sarah fühlte, dass sie jetzt Freundinnen waren und meinte, Linda müsse es auch spüren. Mutter kam – und mit ihr der Doktor aus Paxton. Danach kam der Krankenwagen. Die Heathes hatten nicht nur Mutter, sondern auch Vater gebracht. Nachdem der Krankenwagen mit Tante Jane fortgefahren war, packte Mutter flink einige von Lindas Sachen ein. Vater nahm das Mädchen auf seine Arme und trug es zum Auto.

"Wohin bringt ihr mich denn?", jammerte Linda. "Ich hab doch jetzt niemanden, bei dem ich bleiben kann!"

"In unserem Haus ist Platz für dich, solange du es brauchst, Linda!", hörte Sarah Vater beim Einsteigen in das Auto sagen. Vorsichtig bugsierte er sie hinein.

11. Tante Jane

Sarah beobachtete, wie sie losfuhren. Sie seufzte ein bisschen, band Wally los, wendete und kletterte in den Wagen.

„Und los!", sagte sie und ließ die Zügel auf Wallys Rücken tanzen.

12. Ein Traum wird wahr

Als Sarah zu Hause ankam, war Linda auf der Wohnzimmercouch eingeschlafen. Sie wachte bis zum nächsten Morgen nicht mehr auf. Mutter sagte, das arme Kind müsse durch die lange, aufregende Zeit bei Tante Jane nach dem Unfall völlig erschöpft sein.

Es war für Sarah ein ganz eigenartiger Gedanke, dass Linda Bolton in ihrem Haus war. Die Scotts sprachen beim Abendessen besonders leise, um sie nicht zu stören.

Mutter und Vater waren mit den Heathes in die Stadt gefahren. Der Doktor sagte, Tante Janes Hüfte wäre gebrochen. Sie hätte auch eine Gehirnerschütterung erlitten und sei immer noch nicht bei Bewusstsein. Es könne noch lange dauern, bis sie entlassen werden könnte.

„Können wir Linda hierbehalten? Bitte!", bettelte Sarah.

„Das muss Mutter entscheiden", antwortete Vater. „Die meiste Arbeit wird sie damit haben."

Mutter meinte: „Nicht unbedingt. Sarah wird wahrscheinlich die Besorgungen verrichten müssen. Es wird nicht leicht sein, falls Linda bei uns wohnen würde, bis ihr Vater ein neues Heim gefunden hat – oder bis es Tante Jane wieder gut geht. Wenn Linda bei uns bleibt, wird das auf die ganze Familie zurückfallen. Da gibt es kein Zurück mehr. Willst du sie wirklich hier haben, Sarah?"

12. Ein Traum wird wahr

„Oh, ja, ja, ja!", versicherte Sarah eifrig.

„Wir wollen nicht Pläne für später machen. Für jetzt soll unser Heim auch ihres sein, wenn sie es will. Lasst uns abwarten, wie es läuft", schlug Vater vor. Dabei blieb es erst einmal.

Am nächsten Morgen konnte Sarah es kaum erwarten, dass Linda aufwachte. Und selbst dann musste sie warten, bis Kathleen die Patientin gebadet und für den Tag frisch gemacht hatte. Sarah stieß die Tür vorsichtig auf und brachte Lindas Frühstückstablett herein. Sie hatte ein Büschel Waldanemonen neben das Milchglas gestellt und fand, dass das Tablett hübsch aussah. Sie setzte es ab und sah halb forschend, halb ängstlich in Lindas Augen. Ihre bisherigen Zusammentreffen waren nicht gerade glücklich zu nennen.

„Mmmm, bin ich hungrig!", erklärte Linda. „Und ihr seid alle so gut zu mir."

Sarah spürte, wie sie rot wurde.

„Nicht immer!", sagte sie beschämt.

„Jetzt wirst du aber nicht mehr davon reden, nicht wahr? Sonst muss ich wieder daran denken, wie ich mich benommen habe, als du mich zum ersten Mal besucht hast. Im Juni war es – oder Mai ...?"

„Am 25. Mai!", sagte Sarah.

„Du hast es behalten!", sagte Linda. „Seltsam. Aber lass es uns vergessen, ja?"

„In Ordnung!", stimmte Sarah erleichtert zu.

Sie streckte ihre kräftige braune Hand aus, und Linda legte ihre dünne, weiße, zerbrechliche Hand hinein.

Linda kicherte: „Das soll unser Versprechen sein: uns immer daran zu erinnern zu vergessen." Sie rückte sich das Frühstückstablett zurecht.

Sarah saß auf dem Fußboden neben der Couch und erzählte ihr, was im Sommer auf einer Farm alles geschieht.

„Ich wünschte, ich könnte das sehen!", seufzte Linda.

Sarah hatte eine Idee. Obwohl – vielleicht würde das gar nicht funktionieren.

„Tun deine Beine weh?", fragte sie besorgt.

„Jetzt nicht mehr! Zuerst taten sie fürchterlich weh. Nun sind sie ohne Gefühl und nutzlos."

Sie sahen in der Tat aus wie Samanthas Stoffpuppenbeine, die dünn und leblos am Körper baumelten.

„Gut! Tut dir dein Rücken weh, wenn du ein bisschen durchgerüttelt wirst?", fuhr Sarah fort.

„Nein, ich denke nicht. Ich hatte nie Gelegenheit, es auszuprobieren. Sarah, du hast doch was im Sinn mit deiner Fragerei! Was ist es?"

„Nun ja, vielleicht hältst du es für albern – oder – oder ungehobelt…", stammelte Sarah.

„Sarah Naomi Scott! Hast du etwa vergessen, das zu vergessen?", schalt Linda.

Sarah fühlte, wie sie puterrot wurde. „Hör' zu, wir haben einen Schubkarren, und Vater oder Stuart könnte dich leicht hinausschieben. Wir würden Decken nehmen und den Karren weich auslegen, und ich könnte dich schieben, damit du den Garten und den ganzen Hof ansehen kannst."

„Und den Bach?", fragte Linda sehnsüchtig. „Ich würde so gerne den Bach sehen. Es ist lange her, dass ich nahe am Wasser gewesen bin. Tante Jane sagte, sie hätte das Auto gekauft, um mit mir an alle möglichen Orte und Plätze zu fahren, aber es kam irgendwie nicht dazu. Sie hatte immer sooo viel zu tun."

Sarah bezweifelte, dass sie Linda zur Bucht schieben könnte. Der Abhang war an manchen Stellen steil und uneben. Deshalb sagte sie, wie ihre Mutter es öfters tat: „Wir werden sehen!" Vielleicht konnte Vater sich die Zeit nehmen, sie mal hinunter zu schieben.

Sarah fegte den Karren sauber aus und Mutter polsterte ihn mit Kissen und Wolldecken. Vater nahm Linda auf die Arme und trug sie hinaus.

„Wir werden dich warm anziehen müssen", bemerkte Mutter.

12. Ein Traum wird wahr

„Heute?", sagte Sarah erstaunt. „Aber Mutter, es ist heiß draußen!"

„Für dich vielleicht", antwortete Mutter. „Aber sieh Linda an. Sie zittert jetzt schon!"

Linda war tüchtig aufgeregt, nach so vielen Monaten, die sie im Haus eingesperrt war, endlich ins Freie zu dürfen. Ihre Arme, die sie um Vaters Hals gelegt hatte, zitterten ebenfalls. Aber ihre blauen Augen leuchteten vor Freude und Interesse.

Auf ebenem Boden war Sarahs Aufgabe ziemlich leicht. Sie hatten keine Eile. Nach einem kleinen Stück ruhten sie aus, und Linda konnte dem treuen Spencer das Fell streicheln. Er leckte zärtlich ihre Hand und sprang nie so stürmisch auf sie wie bei Sarah. Er lief langsam neben ihnen her, wenn Sarah die Griffe der Schubkarre wieder anhob. Die Katze Ginger lag zusammengerollt in Lindas Schoß, blinzelte und schnurrte. Sie rumpelten den Gartenweg hinunter. (Sarah zeigte Linda nicht ihr Geheimversteck. Noch nicht. Vielleicht würde sie es eines Tages tun.) Sarah zog zwei Karotten aus der Erde, rieb sie mit grünen Blättern ab, und genüsslich aßen sie die dicken Rüben. Nun erspähte Sarah reife Rispentomaten. Weil es die ersten waren, holte sie sich im Haus die Erlaubnis, pflückte sie ab und teilte sie mit Linda. Wie das schmeckte! Dann kamen die grünen Erbsen an die Reihe.

Schließlich besichtigten sie die Scheunen, die Kornspeicher und die Schweineställe. Es blieb beim Hineinschauen, denn Sarah konnte Linda nicht über die Schwellen rollen. Außerdem vermutete sie, dass Linda der Geruch zu streng sein würde, obwohl kleine Ferkel das Süßeste überhaupt sind. Linda sagte kein Wort über die verschiedenen Düfte. Es sah auch nicht aus, als ob sie daran denken müsste.

Die Fohlen Beauty und Daisy steckten ihre Köpfe durch die Holzleisten des Zauns. Linda streichelte ihre samtenen Nasen. Sie hatte Tränen in den Augen, versuchte aber tapfer, sie zu verbergen. Sarah überlegte schnell, womit sie Linda ablenken könnte.

„Bist du müde? Wenn nicht, muss ich dir etwas Ulkiges zeigen", sagte sie. Und sie rief: „Piele, piele, piele!"

War das ein Anblick! Die Gänse waren nicht eingezäunt, konnten also jederzeit schwimmen gehen. Aber wenn sie Sarahs Ruf hörten, kamen alle dreiunddreißig brav angewatschelt, stellten sich in Reih und Glied auf und liefen im Gänsemarsch – Fuß auf – Fuß ab – hinunter zum Bach.

Lachend rannte Sarah den Hügel wieder hinauf. Linda hatte einen Ausdruck auf ihrem Gesicht, der sagte: „Und ich werde nie rennen können!"

Sarah hielt ganz plötzlich inne. „Ich hab nicht daran gedacht, Linda, es tut mir leid ..."

„Das soll es nicht!" Ihre dünnen Hände griffen fest Sarahs Arm und schüttelten ihn ein wenig. „Es soll dir nicht leid tun, dass ich nicht laufen kann. Und meinen Beinen hilft es nicht, wenn du deine nicht gebrauchst."

Das stimmte, aber trotzdem war Sarah erleichtert, dass in diesem Augenblick ihre Mutter von der Veranda rief: „Es ist Zeit für Linda, auszuruhen!"

Später am Nachmittag schob Kathleen Linda im Schubkarren mit hinaus zur Weide, um die Kühe zusammenzutreiben. Das war ein Spaß! Sarah lief nebenher, pflückte Blumen und brachte sie Linda. Spencer tat das meiste der eigentlichen Arbeit. Linda hatte nie zuvor Kühe so nahe gesehen. Sie hatte rosa Wangen, als sie zum Haus zurückkehrte. Und zum Abendbrot saß sie bei Tisch in einem Sessel mit allen zusammen. Sie sagte, es sei ein wundervoller Tag gewesen.

„Ich meine damit nicht, dass mir Tante Jane nicht leid tut", fügte sie hinzu.

„Wir verstehen dich schon", sagte Mutter. „Du brauchst dich nicht schuldig zu fühlen. Es würde ihr nichts helfen. Wir können für deine Tante nur beten."

12. Ein Traum wird wahr

„Wahrscheinlich.", sagte Linda unsicher. Vielleicht wusste Linda nichts von Gebeten. Vielleicht hatte niemand sie Beten gelehrt. Sollte Gott deshalb den Unfall zugelassen haben, damit Linda von Jesus hörte?

Kurz nach dem Abendessen läutete das Telefon, zweimal lang, zweimal kurz. Das war für die Scotts. Mutter meldete sich und sprach mit Tante Janes Krankenschwester. Die Patientin sei jetzt zeitweilig bei Bewusstsein, aber sehr unruhig. Und sie verlange fortwährend nach einer Sarah Scott.

„Sind Sie sicher, dass sie nicht Sheila Scott sagte?", hörte Sarah ihre Mutter fragen. Dann hörte sie noch eine Weile der Krankenschwester zu. „Also gut! Wir werden versuchen, sie hinzubringen."

Mutter legte auf.

„Soll Linda kommen?", wollte Sarah wissen, die ja nur eine Hälfte des Telefonats gehört hatte.

Mutter schüttelte den Kopf: „Tante Jane hat anscheinend nach dir gefragt, Sarah."

Sarah gefiel das nicht besonders, aber Vater und Mutter meinten, sie solle gehen. Später würde Sarah froh darüber sein. Auf dem Weg zum Krankenhaus nach Boston sprach Mutter über vieles, an das sie sich erinnerte aus der Zeit, in der sie und Tante Jane beste Freundinnen gewesen waren.

Herbie fuhr sie hin und er fing davon an. Als Sarah damals mehr wissen wollte, hatte Mutter kaum geantwortet. Jetzt begann sie, sich laut zu erinnern.

„Tante Janes Mutter starb, als sie noch klein war, und ihr Vater verwöhnte sie ein bisschen. Sie war schon immer eigensinnig. Manche Leute nannten sie kalt und stolz, aber mir gegenüber war sie stets liebevoll und warmherzig."

„Aber warum hat sich das geändert, Mrs. Scott? Wessen Schuld war es?"

„Das weiß keiner. Außer – ich bin sicher, Gott weiß es!", sagte Mutter.

„Irgendjemand brachte ein schlechtes Gerücht in Umlauf. Und wie das bei Gerüchten so ist, ist es gewachsen und hat sich verselbstständigt. Jemand erzählte Jane, ich hätte mit dem Geschwätz angefangen. Ich muss zugeben, dass die Indizien dafür sprachen – weißt du, was das heißt, Sarah?"

„Ich – ich denke ungefähr!"

„Jedenfalls schien es so, als hätte ich die Dinge gesagt. Ich bestritt es, und das machte die Situation nur noch schlimmer."

Schon das Sprechen über diese Vorfälle und die Erinnerungen daran ließen Mutter traurig werden – so traurig wurde sie sonst nur, wenn sie Keith erwähnte. Sarah drückte ihre Hand fest, und den Rest des Weges schwiegen sie.

Es ist irgendwie angsteinflößend, zum ersten Mal ein Krankenhaus zu betreten. Sie trafen Tante Janes Arzt in der Eingangshalle. Seine Augenbrauen schossen hoch, als wollte er sagen: *Ist das Sarah Naomi Scott? Was ist so wichtig an ihr? Ich habe einen Erwachsenen erwartet.*

Laut sagte er zu Sarah: „Hier entlang, bitte. Wenn sie Fragen stellt, antworte kurz und beruhigend. Schwatze nicht! Wir dürfen unsere Patientin nicht ermüden, verstehst du?"

Sarah war noch nie in ihrem Leben weniger nach Schwatzen zumute gewesen als jetzt. Der Arzt führte sie in einen kleinen Raum, in dem Tante Jane lag. Wie faltig ihr Gesicht war, weiß und still, mit tief eingesunkenen Augen – das konnte nicht Tante Jane sein!

Sie öffnete ihre Augen und sah Mutter zuerst.

„Sheila, Sheila!" Tränen rannen über ihre Wangen. Mutter beugte sich über sie und küsste ihre Stirn.

Tante Jane sagte langsam: „Die Frage – Sarah fragte mich et-was –, das konnte ich nicht vergessen – sie sagte – sie sagte – h-hast du denn – nie irgendetwas getan – das Vergebung braucht? Ich konnte die Frage nicht vergessen – erzähl es Sarah Naomi -"

Dann schlief sie wieder ein!

„Sie gehen jetzt besser", flüsterte der Doktor.

12. Ein Traum wird wahr

Sarah weinte ein wenig auf dem Heimweg und Mutter ließ sie gewähren. Gerne wollte sie wissen, ob Mutter und Tante Jane jetzt wieder richtige Freundinnen sein würden. Da erinnerte sie sich an etwas ...

„Mutter, du sagtest einmal zu mir, Gott habe dir einen Weg gezeigt, Tante Jane zu beweisen, dass du sie noch liebst. Was war es, Mutter?"

„Erinnerst du dich noch an das Porzellan, das auf dem Tablett stand, als Linda ankam?"

Das war eine merkwürdige Frage. Sarah dachte scharf nach. Es war hübsches, besonders schönes Porzellan gewesen. Es hatte ein Rosenmuster mit Girlanden, alles in Gold.

„Ja, warum?", fragte Sarah.

„Es ist Tante Janes Lieblingsmuster. Ich habe die Teile nach und nach für sie gekauft, als wir junge Mädchen waren. Und später habe ich all die Jahre zu Festen wie Weihnachten, Ostern oder ihrem Geburtstag ein weiteres Stück mit der Post geschickt, aber keinen Namen oder Gruß angefügt."

Sarah fand das lustig. Sie hätte gern gewusst, was Tante Jane empfunden hatte, wenn sie wieder mal ein Päckchen auswickelte. Jedes sagte: „Ich liebe dich noch, Jane Bolton." Das musste sie fühlen, selbst wenn sie so tat, als würde sie nicht wissen, wer der Absender war.

Mutter sagte: „Das ist genau so, wie viele Leute sich Gott gegenüber verhalten. Er sendet seine Liebeszeichen – Sonnenschein, Nahrung, Kleidung und Gesundheit, und die Menschen tun, als kennen sie den Geber nicht."

Sarah dachte auch an ihre beiden kräftigen Beine. Sie hatte Gott noch nie dafür gedankt. Noch kein einziges Mal.

Alle Scotts beteten für die arme Linda mit ihren Stoffpuppenbeinen, dass Gott sie heilen möge. Er konnte es tun. Wie herrlich würde es sein, zusammen zu reiten und zu laufen und auf die Bäume zu klettern!

Am folgenden Samstag ging es Tante Jane viel besser. Sie war bei Bewusstsein. Die gebrochene Hüfte freilich würde noch lange Zeit brauchen, um zu heilen. Sie und Mutter waren wieder Freunde. Es bedurfte nur weniger Worte, um den großen Berg von Missverständnissen und Bitternis abzutragen. Das Beste aber war, dass Tante Jane zu Gott zurückgefunden hatte. Es war wie die Geschichte in der Bibel von dem Mann, der sagte: „Ich will mich aufmachen und zu meinem Vater gehen" und der Vater hatte schon lange auf ihn gewartet. All die Jahre hatte Gott auch auf Tante Jane gewartet.

Am Samstag nahm Vater die große Schaufel, spannte Prince und Captain davor und ebnete den Abhang zur Bucht. An den meisten – an fast allen – Nachmittagen schob Sarah ihre Freundin Linda den sanften Hügel hinunter. Sie spielten unter den rauschenden Bäumen, machten Puppenkleider und redeten miteinander. Sie lasen zusammen Bücher – und redeten. Sie bauten kleine Häuser und Festungen aus Stöcken und Steinchen – und redeten miteinander. Sie wurden nie fertig mit Reden. Auch der Bach plapperte. Spencer lag meistens zu Lindas Füßen. Er vernachlässigte sogar Robbie in letzter Zeit, weil er zu denken schien, es sei seine Aufgabe, Linda zu beschützen.

„Er ist ein richtiger Gentleman!", sagte Linda. „Alle Leute in eurem Haus sind Gentlemen – und echte Damen", fügte sie hastig hinzu. „Du verstehst schon, was ich meine."

„Nun, diese Dame hier muss jetzt gehen und einen Haufen Schuhe putzen", klagte Sarah. Sie stand auf und streckte sich. „Beinahe hätte ich es vergessen! Es ist ja Samstag!"

„Was ist so besonders an Samstagen?", fragte Linda.

„Du wirst sehen!", meinte Sarah.

Den Schubkarren bergauf zu schieben war ein hoffnungsloses Unterfangen für Sarah. Dafür hatte sie ein Seil, das sie sich erst um dann Hals legte, unter den Armen hindurchführte und an den Griffen des Schubkarrens festknotete.

12. Ein Traum wird wahr

„Fertig? Festhalten!", sagte das menschliche Ersatzpony und begann langsam den Hügel hinaufzulaufen.

Es herrschte die übliche Samstagabendeile mit dem Abendessen und dem anschließenden Geschirrwaschen. Endlich hatten sich alle um die Orgel versammelt. Für Sarah war es heute ganz anders als sonst. Linda war dabei!

Sie sang nicht mit, vielleicht kannte sie die Lieder nicht. Durch Kissen abgestützt saß sie auf der Couch, und ihre Augen wurden groß und glänzend, als Stuart sang: „O komm, komm, komm, komm! O Sünder, komm' her zur Kapelle!"

Morgen war Sonntag. Kathleen blieb mit Linda zu Hause, bis sie in der Lage war, mit ihnen zur Kirche zu gehen. Sie würde jeden Tag kräftiger, sagte sie. Und sie wurde richtig braun. Das Beste aber war, dass sie jeden Tag etwas mehr über die Bibel und den Herrn Jesus lernte.

Nun waren sie Freunde – gerade so, wie Sarah es vor langer, langer Zeit erhofft hatte.

Vielleicht würde auch Linda schon bald entdecken, dass der allerbeste Freund, den man je haben kann, Jesus ist.

Sarah konnte es kaum erwarten, bis das geschah.

Margaret Epp

Die Erde ist rund

224 Seiten

ISBN
978-3-936894-94-3

„Wir wandern aus! Nach Amerika!" Die zwölfjährige Cornelia Harms aus Schönthal ist ganz aufgeregt. Wie sieht es auf der anderen Seite der Erdkugel aus? Wird die Seereise die langersehnte Genesung für ihren Bruder Bernhard bringen? Und was ist mit Daniel Martens, dem Jungen, von dem keiner weiß, woher er kommt? Wird er nach Amerika mitkommen können? Und was hat es mit dem Familiengeheimnis auf sich, das ihre Cousine ihr andeutet? Als Großmutter Siemens schließlich für eine Überraschung sorgt, freut Cornelia sich auf die neue Heimat.

Doch der neue Anfang in einem fremden Land ist schwer, vor allem wenn man einen Vater hat, der Lehrer ist und von Bauen und Landwirtschaft keine Ahnung hat. Als die Ereignisse schließlich eine unerwartete Wendung nehmen, droht Cornelias Glaube, den ihre Eltern ihr vermittelt haben, Schiffbruch zu erleiden. Wird sie wieder Vertrauen fassen zu einem Gott, der seinen Kindern manchmal Schweres zutraut?

Eine Geschichte aus den 1870ern, als in Russland die allgemeine Wehrpflicht eingeführt wurde und deshalb viele russlanddeutsche Mennoniten nach Amerika auswanderten. Eine Geschichte von Pioniersiedlern in den kanadischen Prärien und ihren Schwierigkeiten, ihren Kämpfen, ihren Erfolgen und Rückschlägen. Eine Geschichte, die uns daran erinnert, wie schnell Reichtum und Friedenszeiten vorbei sein können. Aber auch eine Geschichte von einem allmächtigen Gott, dem man völlig vertrauen kann.

Für Kinder und Jugendliche ab 12 Jahren, aber auch interessant und lehrreich für Erwachsene